들개처럼 연출하다

방송 인생 35년 쌀집 아저씨의 PD 연대기

들개처럼 연출하다

초판 1쇄 인쇄 2024년 9월 17일
초판 1쇄 발행 2024년 9월 27일

지은이 김영희
펴낸이 이범상
펴낸곳 (주)비전비엔피 · 애플북스

책임편집 한윤지
기획편집 차재호 김승희 김혜경 박성아 신은정
디자인 김혜림 최원영 이민선
마케팅 이성호 이병준 문세희
전자책 김성화 김희정 안상희 김낙기
관리 이다정

주소 우) 04034 서울특별시 마포구 잔다리로7길 12 (서교동)
전화 02) 338-2411 | **팩스** 02) 338-2413
홈페이지 www.visionbp.co.kr
인스타그램 www.instagram.com/visionbnp
포스트 post.naver.com/visioncorea
이메일 visioncorea@naver.com
원고투고 editor@visionbp.co.kr

등록번호 제313-2007-000012호

ISBN 979-11-92641-40-9 03810

들개처럼
연출하다

방송 인생 35년 쌀집 아저씨의 PD 연대기

김
영
희

애플북스

"PD로서 누릴 것 다 누린, 유일한 분일 겁니다."

얼마 전, 후배 PD들과의 회식 자리에서 어느 PD가 나에게 한 말이다.

"명예도 얻고, 돈도 벌고, 하고 싶은 거 다 해 본 PD가 어디 있습니까?"

정말 그런가? 나는 처음으로 지난 35년간의 PD 생활을 돌아봤다. 그동안 만든 프로그램들이 거의 대박이 났고, 시청자들이 '쌀집 아저씨'라고 좋아해 주고, 심지어 중국에 진출해서 돈까지 벌었으니 그렇게 생각할 만했다.

김영희 PD. 정말 운이 좋았다. TV가 권력인 시대에 PD가 된 것부터, 30%~40%의 시청률을 넘나들며 제작비에 구애

받지 않고 뭐든 할 수 있었으니 정말 대단한 행운이었다. 게다가 나는 좋은 스태프와 연기자를 만나는 운까지 따랐다. 새로 만드는 프로그램마다 성공했고 자신감이 충만했다. 거칠 것이 없었다. 전례가 없는 새로운 것일수록 더 도전하고 싶었다. 실패한다는 생각은 아예 하지 않았다. 어디서 오는 자신감이었을까? 거듭된 성공에서 온 자기 확신이었을까?

나는 태생적으로 긍정적이다. 뭘 하든지 잘 될 것이라는 생각이 언제나 앞섰다. 학창 시절도 그랬고 PD 시절도 그랬다. 한 가지 믿는 것이 있어서였을까? 남들보다 잘할 자신은 없어도 열심히 할 자신은 있었다. 목표를 정하면 밤잠을 자지 않고 열심히 했다. 다른 PD들이 잠을 잘 때도 눈을 부릅뜨고 편집했다. 며칠 밤을 새워도 끄떡없었다. 다행스럽게도 스태프와 연예인들은 나를 따라 줬고, 프로그램은 성공했다. '몰래카메라'도 '양심 냉장고'도 〈!느낌표〉도 '칭찬합시다'도. 심지어 50대에 만든 〈나는 가수다〉도 정말 대박이 났다. PD가 된 후 나는 남들보다 정말 열심히 일했다.

"쟤는 왜 빈 옷걸이를 들고 오니?"

김용만, 유재석과 떠난 유럽 촬영이 얼마나 강행군이었던지, 새벽 3시에 비몽사몽, 옷이 사라진 줄도 모르는 코디가 빈 옷걸이만 들고 버스를 탔다. 6박 8일, 7개국 촬영이라는 일정이 모두를 힘들게 해 생긴, 웃지 못할 풍경이었다. 지금 같으면 상상도 할 수 없는 일이었지만 2002년의 여름은 그랬다. 촬영이 끝나갈 무렵 로마의 한 공원에서 책 읽는 사람들을 인터뷰했다. 공원이 얼마나 넓은지 초원을 이리 뛰고 저리 뛰고하지 않으면 제대로 마칠 수 없는 형국이었다. 숨이 차올라 헉헉대던 유재석이 갑자기 말했다.

"형, 우리 이거, 들개들 아니에요? 먹잇감을 찾아다니는 들판의 들개?"

모두가 빵 터졌다.

그렇다. 나는 중국에서도 야전을 누볐다. 영하 30도의 하얼빈에서 영상 30도의 타이페이로, 칭다오의 뒷골목에서 광저우의 농촌으로 600명의 스태프를 이끌고 날아다녔다. 비행기한 대로는 이동할 수가 없어 시차를 두고 나누어 탔고, 촬영지 이동을 위해 차량 100대를 운행하기도 했다. 요리사를 고용해 24시간 야전 식당을 차리고 스태프용 여관을 10개씩 통째로 빌렸다. 다행히도 까다롭기로 유명한 중국의 연예인들과 스태프들이 나를 따라 줬고, 중국에서의 첫 프로그램을 멋지게 성공시켰다.

이렇게 35년간, TV라는 야생의 들판에서 들개처럼 뛰어다닌 나의 연출 이야기를 지금 시작한다.

차례

프롤로그 4

1부
설렘

호랑이가 호랑이인 데는 이유가 있다 **14**

성공이란 무엇인가? **24**

어쨌든, 나는 나의 길을 간다 **36**

수용자 중심이라는 것 **46**

모든 콘텐츠는 삶과 무관하지 않다 **58**

2부

희망

가까이에서 보면 비극이지만, 멀리서 보면 희극이다   **70**

인내하지 않는 성공은 없다   **80**

칭찬이라는 신드롬   **100**

진짜 대통령이 출연했다   **108**

나는 항상 새로운 것을 찾아다닌다   **116**

주저하는 호랑이는 찌르는 벌보다 못하다   **124**

삶의 이유, 가족   **134**

아이들에게서 꿈을 빼앗지 마라!   **142**

핵심은, 모두가 한 방향으로 갈 수 있게!   **151**

3부

운명

나는 나를 믿는다   **154**

결국, 사람이 전부다   **166**

일하는 시간이 행복한 시간이 될 수 있을까?   **178**

중국, 자본주의보다 더 자본주의적인   **188**

큰일은 인연이 있어야 이루어진다   **196**

4부

인생

이것이 중국이다   208

푸른 불꽃과 쌀집   218

다 괜찮다, 세상은 먹고 살게 되어 있다   228

억지로 하지 마라, 그래서 되는 게 아냐!   242

에필로그   256

추천사   258

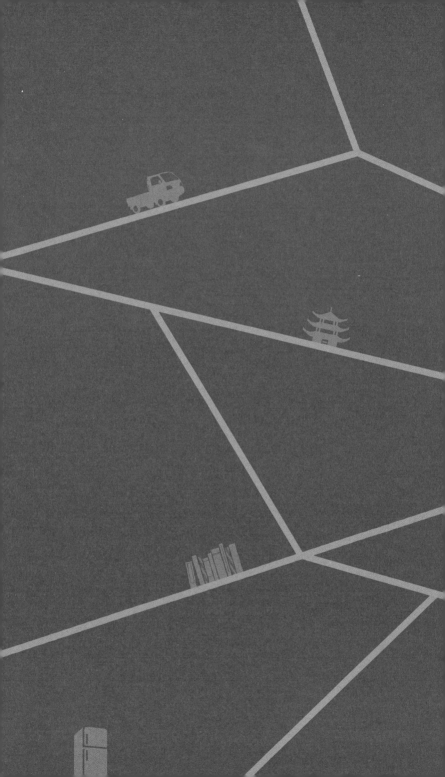

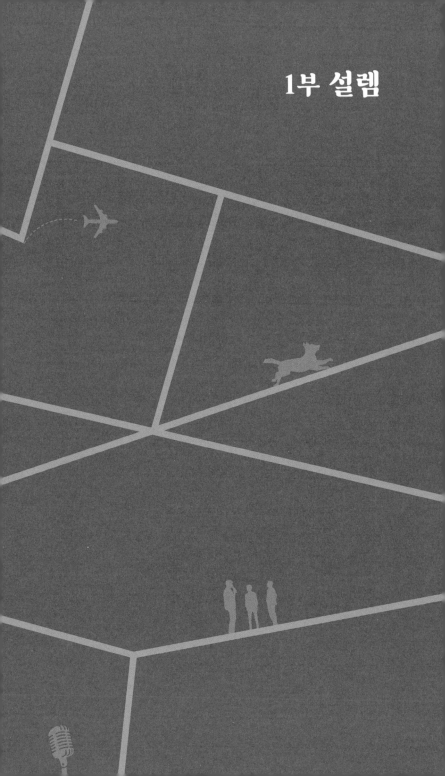

1부 설렘

호랑이가 호랑이인 데는
이유가 있다

연출 초년병 시절부터 나는 엄격한 교관이었다. 원로 코미디언들조차도 내 눈치를 보며 대본을 달달달 외워 올 정도였으니, 신입 개그맨들은 오죽했을까? 서경석이나 이윤석, 특히 박명수는 내 앞에만 서면 외운 대본도 하얗게 까먹곤 했다.

"내 앞에서도 그렇게 긴장하면서 카메라 앞에서 잘할 수 있겠어?"

나는 담임 선생님이었고 그들은 내 학생이었다. 혹독하게 연습시켰다. 연습은 성공의 필요조건이기 때문이다. 그들은 자다 일어나서도 대사가 술술 나올 정도로 연습했다. 방송은 성공적이었고, 그들은 점점 인기를 얻어갔다. 그런 살벌한(?) 과정을 거쳐 현재의 스타가 된 그들, 특히 박명수는 지금도 나를 보면 가슴이 울렁거린다고 너스레를 떤다.

예능국장 시절, 나는 <나훈아 쇼>를 유치하기 위해 나훈아 씨를 만난 적이 있다. 첫인상이 정말 충격적이었다. 한 마디로 호랑이, 호랑이 한 마리가 앉아 있었다. 백호랄까? 눈에서 뿜어나오는 강렬한 카리스마는 맹수의 왕을 방불케 했다. MBC <나훈아 쇼>는 역시나 대성공을 거뒀다. 그런데 몇 년 전, KBS의 <나훈아 쇼>를 보면서 그때의 느낌을 다시 한 번 받았다. 늦은 밤, 계속된 리허설에 스태프들이 지쳐갈 무렵 나훈아 씨가 마이크를 잡았다.

"악단 여러분, 나는 노래한 지 54년 되었는데요, 그래선지 나는 쇼가 성공하는 방법을 확실히 알고 있습니다."

그게 뭐지? 모두가 귀를 기울였다.

"연습입니다. 연습밖에 없습니다. 자, 연습 시작합시다!"

70이 넘은 노익장의 말에 다시 연습이 시작되었다. 그리고 <나훈아 쇼>는 또 한 번 대성공을 거두었다.

왕이 왕인 이유를 나는 확실히 알고 있다.

언제나 최선을 다하기 때문이다.

몰래 도장

"하와이에서 '몰래카메라' 한번 찍읍시다."

세계적인 여행사에서 제안이 들어왔다. 항공, 숙박, 식사 등 모든 편의를 제공하겠으니 하와이에서의 촬영을 검토해달라는 것이었다. 이경규와 숙고한 끝에 해외 촬영을 감행하기로 했다. 국장의 승인이 떨어지길 기대했지만, 예상과는 달리 쉽게 결재가 나지 않았다. 공교롭게도 당시 무분별한 해외여행을 자제해야 한다는 사회적 분위기가 조성되기 시작한 터라 불안감이 들었다.

"국장님이 찍어주시기는 찍어주신답니까?"

출발 이틀 전까지 결재가 나지 않아 부장에게 확인해도, 국장이 안 찍어줄 리 없으니 조금만 더 기다려보라고만 했다. 하지만 나는 기다릴 시간이 없었다. 직접 도장을 받을 요량으로 국장실로 달려갔는데, 하필 자리에 안 계셨다. 그런데 그때, 국장 책상에 놓여있는 도장이 내 눈에 들어왔다. 갑자기 묘한 아이디어가 떠올랐다. 일단 가짜 승인서를 만들어 보내놓고, 나중에 국장이 찍어준 진짜 승인서로 대체하면 될 것이다. 부장이 걱정 말라고 했으니 문제 될 건 없다. 나는 국장 책상에 놓여있는 도장을 꾹 찍었다.

"이 승인서는 내가 몰래 도장 찍은 가짜입니다. 국장이 찍어 준 진짜 승인서가 나올 때까지는 절대 위에는 보고하지 마시고 일을 진행하십시오. 혹시 마지막까지 국장 승인이 나지 않으면, 이번 해외 촬영은 취소입니다."

"알았습니다. 걱정하지 마십시오."

여행사의 담당자는 나와 굳게 약속했다. 하지만 그를 믿은 내가 바보였다.

"국장이 왜 우릴 찾지?"

부장이 의아해하면서 나에게 물었다.

"저, 부장님, 사실은 제가 가짜 승인서를 만들어서 여행사로 보냈거든요. 그 때문인 것 같습니다. 죄송합니다."

"음……."

잠시 생각하던 부장은 굳은 표정으로 나를 데리고 국장실로 들어갔다.

일하는 놈이 사고도 친다

"누구야? 누가 내 도장을 몰래 찍었어?"

들어서자마자 국장의 서슬 퍼런 호통이 들려왔다. 여행사의 담당자가 위에 보고한 것이 틀림없었다. 아, 못 믿을 놈! 그때 부장이 내 팔을 누르며 대답했다.

"접니다. 제가 찍었습니다."

나는 깜짝 놀랐다.

"아닙니다, 접니다. 제가 찍었습니다."

부장과 나는 서로 아니라고 우겼다.

"아닙니다, 접니다."

이 모습을 보고 있던 국장의 목소리가 더 커졌다.

"진짜, 누가 찍었냐!?"

그러자 부장은 차분히 설명했다.

"솔직히 출발 날짜는 내일로 다가오는데 일은 진행이 안

되고 해서 일단 제가 찍어서 줬습니다.”

갑자기 울컥했다. 저런 선배가 피해를 보는 건 절대로 안 된다고 생각했다.

“아닙니다, 정말 제가 찍었습니다.”

“영희야, 입 다물고 있어!”

나에게 호통치는 부장의 모습을 어이없게 지켜보던 국장이 갑자기 소리쳤다.

“나가, 나가! 앞으로 한 번 더 이런 일이 있으면 용서 안 해!”

선후배가 서로 책임지겠다고 하는 모습이 가상했는지, 어쨌든 이번엔 용서해준다는 말이었다. 얼떨결에 국장실을 빠져나오며 부장을 올려다봤다. 존경스러웠다.

“부장님, 고맙습니다.”

이 일은 평생 잊지 않겠다고 마음속으로 다짐하는데, 부장의 말이 또 한 번 나를 먹먹하게 만들었다.

“아니야, 영희야. 내가 미안하다.”

부장으로서 해외 촬영을 성사시키지 못해 오히려 후배에게 미안하다는 그 말……. 해외 촬영은 무산됐지만 나는 ‘진짜’ 선배를 얻었다.

며칠 후, 국장이 우리를 용서한 진짜 이유를 알게 되었다.

임원 회의에서 몰래 도장을 찍은 사건에 대해 보고하던 국장이 한마디 했다고 한다.

"일하려고 하는 놈이 사고도 치는 겁니다. 가만히 있는 놈은 사고 칠 기회도 없지요."

그렇다. 이것이 MBC의 저력이었다. 제작의 자율을 보장해 주는 풍토. 당시 젊은이들이 취직하고 싶은 언론사 1위로 MBC가 뽑힌 압도적인 이유다.

쌀집 아저씨의 탄생

2년간 〈일밤〉을 잘 끌고 온 공로가 인정됐는지, 단독으로 연출할 기회가 주어졌을 때 일이다. 프로그램 이름을 〈신, 웃으면 복이 와요〉라고 짓고, 데뷔 6년 차인 이경실을 발탁했다. 대단한 개그우먼인데 그동안 기회가 없었을 뿐이라고 생각했다. '도루묵 여사'라는 코너를 만들어 이경실만의 독특한 토크쇼를 만들기로 하고, 성공시키기 위해 악착같이 게스트를 섭외했다. 첫 게스트 최수종을 시작으로 최민수, 이문세, 김혜자 등 두 달간 톱스타들을 연달아 섭외했고, 예상대로 이경실은 그들을 들었다 놨다 하면서 단박에 최고의 개그우먼으로 등극했다.

이경실이 스타덤에 오르면서 신인 개그맨들도 인기를 얻기 시작했다. 서경석, 이윤석 콤비가 뜨기 시작하더니 박명수가 뒤따라 인기를 얻었다. 새로운 인물들이 스타로 떠오르면서 〈신, 웃으면 복이 와요〉는 당당히 성공한 프로그램에 이름을 올렸다.

"쌀집 아저씨, 음악 주세요!"

어느 날 이경실이 녹화를 하면서 갑자기 음악을 달라고 외쳤다. 누가 봐도 PD를 부르는 것 같은데 쌀집 아저씨라고 하니 재미있었다.

"저 위에 있는 PD 양반이 동네 쌀집 아저씨같이 생겼어요."

까르르 웃으며 설명까지 하니 더 분위기가 더 살았다. 사실 '쌀집 아저씨'라는 별명은 내 외모가 '동네 쌀집 배달 아저씨'처럼 푸근하게 생겼다고 코미디언들이 붙여준 별명이었는데, 이경실이 방송에서 외치니 색달랐다. 더군다나 PD는 권위 있는 사람으로 여겨지던 시절에 동네 아저씨 같은 친근한 느낌으로 다가가니 더 좋았다.

사실 첫 녹화를 마치고 편집을 하면서 많은 갈등을 겪었다. '쌀집 아저씨' 부분을 잘라낼까? 말까? 고민한 끝에 그대로 내보내기로 결정했다. 재미있어서이기도 했지만, PD는 프로그램의 뒤에 있어야 한다는 고정관념에 대한 도전이기도 했다. 역시나 시청자들도 재미 있었는지 반응이 오기 시작했다. 그런데 며칠 후, 이경실이 나를 불렀다. 자기가 음악을 달라고 하면 그냥 주지 말고 '오케이'라고 대답을 하라는 것이었다. 그것도 그냥 '오케이'라고 하지 말고, '오오오~ 케에에~'라고 운율을 넣으라고 했다. 따라서 해봤다. 이경실은 내가 하는 것이 맘에 안 들었는지 몇 번을 되풀이해서 연습까지 시켰다. 녹화가 시작되고, 드디어 이경실이 나를 향해 말했다.

"쌀집 아저씨, 음악 주세요."

이렇게 외치고 나서 이경실은 나의 대답을 기다렸다. 나는 어색했다. 어떻게 하지? 망설이다가 토크백을 누르고 큰 목소리로 대답했다.

"오오오~ 케에에~!"

내 목소리가 나가자 녹화장이 빵 터졌다.

"까르르르. 저 양반이 PD예요, 쌀집 아저씨. 까르르르~!"

이 한 방으로 시청자들은 쌀집 아저씨를 확실히 기억하기 시작했다. 그러면서 방송 역사 최초로 PD를 좋아해 주는 팬들이 생기기 시작했다. 나는 '쌀집 아저씨'라는 별명이 처음부터 좋았고, 지금까지도 좋다.

성공이란 무엇인가?

나는 웃음을 정말 좋아한다. 아니, 좋아서가 아니라, 그냥 잘 웃는다. 심지어 내가 만든 프로를 볼 때에도 매번 웃는다. 그런 내 모습을 보던 주철환 PD가 신기한 듯 물어본 적이 있다.

"영희야, 정말 우스워서 웃는 거니?"

나는 그 질문이 의아했다.

"웃기지 않으세요?"

그 장면을 보고 웃지 않는 주 선배가 오히려 신기했다. 스튜디오에서 내가 얼마나 잘 웃던지, 옆에 있던 기술감독이 물어본 적이 있다.

"김 PD, 자기가 만들어 놓고도 그렇게 웃겨?"

나도 내가 왜 잘 웃는지 잘 모른다. 굳이 설명하자면, 나는 어떤 상황이든 웃기는 지점을 본능적으로 찾아내는 것 같다. 어쨌든 내가 잘 웃는 사람임은 틀림없다. 몇 년 전 우연히 놀라운 시를 접했는데 미국의 수필가

에머슨이 200년 전에 쓴 시로 당시 나에게 잊지 못할 감동을 선사했다. 여러 가지 성공에 관해 담담하게 써 내려간 시였다. 내 눈에 확 들어오는 두 구절이 있었다. "성공이란 '어린아이에게서 사랑받는 것' 그리고 '자주, 많이 웃는 것'"이라는 구절이었다.(랄프 왈도 에머슨, <무엇이 성공인가>)

어린아이는 잘 웃는다. 그러나 불행하게도 점점 자라면서 잘 웃지 않게 된다. 어른이 되면서 내 안의 어린아이를 점점 잃어버리기 때문인지도 모른다. 어쨌든 에머슨의 말이 맞다. 웃지 않는 사람보다는 많이 웃는 사람이 성공한 사람이다. 그리고 쑥스럽지만, 이 시에 의하면 나는 이미 성공한 사람이다. 하하하!

빨간 장미 넝쿨이 집을 덮다

"자네, 내 꿈 사."

예비 장모님이 아침 일찍 집에 오셨다. 무슨 좋은 꿈을 꾸신 모양이었다.

"천 원만 내."

MBC 입사 시험 발표 날이었으니 무슨 일이든 못 할까? 천 원을 드리고 꿈을 샀다. 드디어 12시. 당시는 합격자를 라디오로 발표하던 시절이었다. 정오 뉴스가 끝나자 아나운서의 굵은 목소리가 흘러나왔다.

"86년도 MBC 신입 사원 합격자 명단을 발표하겠습니다."

기자직이 먼저 발표되고, 드디어 PD직이 발표되기 시작했다. 00번 최승호, 00번 박정훈, 내 수험 번호에 가까이 오면서 점점 긴장되기 시작했다. 00번 최창욱, 00번 임화민, OO번 김영희. 내 이름이 들렸다. 이게 꿈인지, 생신지? 얼떨떨했다.

당시는 '언론고시'라고 하여 사법고시만큼 언론사 입사가 어려운 시절이었다. 대학교 4학년 1학기가 끝나갈 무렵, 친한 친구가 나를 도서관으로 끌고 갔다. 요즘 언론고시가 핫하니 같이 한번 해 보자며, 언론고시용 수험서와 자료를 잔뜩 챙겨 주었다. 3개월간 밤잠을 설쳐가며 공부했다. 드디어 가을 입사 철, 막상 지원하려는데, 언론사는 신문사도 있고 방송사도 있었다. 어디를 가야 할까? 막막할 때, 그 친구가 역시나 조언해 주었다.

"21세기는 방송의 시대야. 방송의 꽃은 PD고."

PD가 뭔지도 모르던 나는 덮어놓고 그의 말을 따랐다. 당시 대학생 선호도 압도적 1위였던 'MBC의 PD직'에 지원했다.

이런 엉터리 같은 과정을 거쳤으니, 합격은 꿈도 꾸지 않았다. 그런데 합격이라니? 정말 꿈만 같았다. 어쩌면 정말 꿈 덕분이었을까?

"장모님, 아침에 꾸신 꿈이 무슨 꿈이에요?"

장모님은 환하게 웃으셨다.

"빨간 장미 넝쿨이 온 집을 빨갛게 덮는 꿈이여. 천 원 주고 살 만했지?"

온통 빨간 꽃으로 덮인 집이라니, 상상만 해도 기분 좋은 꿈이었다.

"장모님, 감사합니다. 그 꿈 덕분에 합격했습니다. 하하."

35년 전의 요리 프로그램

솔직히 말하자면 나는 1, 2차 필기시험에 합격한 후, 최종 면접을 보고 나오면서 합격한 듯한 느낌을 받았다. 엄숙한 면접장에서 요식적인 질문들이 이어졌지만, 나의 대답은 조금 달랐기 때문이다.

"입사한다면 무슨 프로그램을 하고 싶나?"

"요리 프로그램을 하고 싶습니다."

엉? 따분한 듯 고개를 숙이고 있던 임원들이 얼굴을 들어 나를 쳐다봤다. 다큐멘터리나 드라마, 시사 프로 등의 대답이 일반적인데 독특한 답이 나왔으니 호기심이 생긴 것이다.

"요리 프로? 어떻게 만들고 싶나?"

"그 말씀을 드리기 전에, 제가 중국집에서 아르바이트할 때

일을 먼저 말씀드리고 싶습니다."

일단 단무지 써는 요령을 손 모양으로 재연하자 임원들이 웃기 시작했다. 춘장 담는 요령, 주문을 받아 배달 가는 요령 등등 시범을 보여가며 설명했더니 임원들이 박장대소했다. 오랜 시간 지루했을 면접 시간을 내가 재미있는 순간으로 바꾼 것이다.

"지금 방송되는 요리 프로들, 하나같이 재미없습니다. 저라면 지금 최고의 코미디언인 이주일 씨를 MC로 써서 아주 재미있게 만들어 보겠습니다."

당시 요리 프로는 대개 요리 전문가들과 아나운서들이 진행하는 따분한 콘텐츠였는데, 그런 고정관념을 깨는 발상이 신선했을 것이다.

"하하하, 어떻게?"

"코미디언이 엉성하게 따라 하면, 요리 전문가가 핀잔도 주어 가며 가르쳐주는 거죠, 하하하!"

면접장 밖까지 들릴 정도로 큰 웃음소리가 그치지 않았고, 나는 그날 면접 중 최장 시간을 기록했다. 면접을 마치고 밖으로 나오자 몇 명 남지 않은 대기자들이 나에게 물었다.

"도대체 무슨 얘기를 했길래 웃음소리가 여기까지 들려요?"

그때 나는 합격할 수도 있겠다는 예감이 들었다.

예능의 시대

1986년 11월 15일, 난생처음 신사복을 입고 집을 나섰다. MBC 하면 지금은 상암 MBC의 조형물을 더 많이 떠올리겠지만, 그때만 해도 MBC의 상징은 보라색 건물이었다. 그 건물에 들어서는 순간, 나 자신이 신기하기도 하고 자랑스럽기도 했다. 스튜디오에는 88 서울올림픽을 대비해 예년보다 많이 뽑은 신입 사원이 가득 차 있었고, 나도 그곳에 있었다.

수습 생활이 끝나가고 본격적인 PD직 연수가 시작되었다. 드라마, 교양, 쇼, 코미디 등의 직무를 순환하며 자신의 적성에 맞는 분야를 찾는 시기였다. 녹화 현장을 돌아보며 마음이 당기는 분야를 골라야 했는데, 솔직히 나에게는 거의 모든 제작 현장이 따분했다. 내용도 잘 모르는 데다, 먼발치 떨어져서 보아야 하니 재밌을 리가 없었다. 그런데, 신기하게도 〈화요일에 만나요〉, 〈토토즐(토요일 토요일은 즐거워)〉 등 쇼 프로 현장에만 가면 가슴이 요동쳤다. MC 이덕화와 가수 조용필의 실제 모습을 보는 것도 좋았지만, 화려한 무대와 쩌렁쩌렁 울리는 음악 소리, 번쩍이는 조명은 내 마음을 설레게 했다. '빙고!'

최종 선택을 하루 앞둔 날, 대학 선배이자 MBC 교양 PD인이석형 선배가 밥을 사줬다. 식사를 마칠 무렵 선배는 내 진로에 대해 물었다.

"어디로 갈 거니?"

"아직 확실히 정하지는 못했어요."

선배의 의견을 듣고 싶었다.

"영희야, 앞으로는 예능의 시대야. 코미디 해!"

"네?"

그 당시에는 그런 류의 예상을 하는 사람이 거의 없던 시절이라 깜짝 놀랐다.

"내가 교양 PD 하지만, 재미없어. 예능 해! 너, 요리 프로 하겠다고 했다면서?"

나의 최종 면접 에피소드가 MBC에 쫙 퍼졌다고 하면서 덧붙였다.

"너는 딴따라 기질도 있고, 제격이야. 예능 PD 해."

다음날 나는 예능 PD를 지원했고, 정말 예능 PD가 됐다. 30여 년이 흐른 후 MBC 콘텐츠 총괄 부사장이 되었을 때, 나는 선배와 통화하며 감사를 표했다. 좋은 사람들이 주변에 있으니, 나는 참 운이 좋은 사람이다.

"형, 형이 나를 이 자리에 오게 했어. 고마워, 형."

첫 뮤직비디오를 찍다

〈토요일, 토요일은 즐거워〉에 조연출로 배정된 첫날, 청천 벽력 같은 임무가 주어졌다. 뮤직비디오를 찍어오라는 것이다. 본방송에 나갈 거라고 하며 노래 테이프를 던져줬다.

"영희야, 이거 다음 주 방송 나갈 거다."

촬영 방법도 모르고 콘티도, 편집도 전혀 모르는, 현업 배치 1일 차 조연출에게 이럴 수 있을까? 정말 황당했다.

"저기, 선배, 이건 어떻게 합니까? 이건요?"

하나부터 열까지 물어보며 밤새 콘티를 짰다. 당시는 CD가 나오기 전이라 노래 테이프를 카세트에 넣고, 한 소절씩 끊어가며 듣고 또 들었다. 아침 6시, 세수할 겨를도 없이 시간이 빠듯했다. 대형 버스에는 음향, 조명, 소도구 등 스태프들이 자리 잡기 시작했고, 잠시 후, 멀리서 시커먼 밴의 문이 열리고 여자 가수가 나타났다.

"선생님, 안녕하세요? 완선이예요."

내가 찍어야 할 첫 뮤직비디오가 김완선의 「나 홀로 뜰앞에서」였던 것이다.

"아, 그래. 오늘 잘해보자."

엉겁결에 김완선과 인사했다. 신기했다.

촬영지로 가는 동안 스태프들은 거짓말처럼 전원 곯아떨어졌지만, 나는 잠이 오지 않았다. 군기가 바짝 든 첫 촬영인데 잠이 올 리가 있겠는가?

"도착했습니다."

조용한 차 안에 FD의 말이 울려 퍼졌다. 스태프들이 내리기 시작했다. 나도 따라 내렸다. 스태프들은 각자 자신의 장비를 챙기며 촬영 준비에 바빴다. 순간 뭔가 이상함을 감지했다. 돌아보니 모든 스태프가 나를 응시하고 있었다. 이게 뭐지? 당황한 나에게 FD가 물어봤다.

"감독님, 어디로 갈까요?"

나를 응시하고 있던 눈빛들은 촬영할 장소를 물어보는 것이었다. 나는 엉겁결에 손을 들어 조각상을 가리켰다. 그때 나는 평생 잊을 수 없는 일을 경험했다.

권위는 어떻게 생기는가?

놀라웠다. 30~40명이나 되는 스태프들이 일사불란하게 조각상으로 이동했다. 순간 깨달았다. PD란 현장을 지휘해야 한다! 그날, 김완선은 물론이고 스태프 전원이 내 손짓대로 이리 가고 저리 가면서 내 의도대로 움직였다. 첫 촬영을 마치고 돌아오던 밤, 나는 그날의 교훈을 마음속 깊이 새겼다. '현장을 장악하지 못하면, 좋은 프로그램을 만들 수 없구나!' 나는 그런 PD가 되어야 한다는 걸 알았다.

현장을 장악하려면 스태프들의 신뢰를 받아야 한다. 어떤 상황에도 즉각적으로 대처하기 위해서는 모르는 것이 없어야 했다. 밤잠을 자지 않고 연구하고, 준비했다. 녹화 전날이면 밤새기 일쑤였고, 촬영이 끝나면 편집하면서 또 밤을 새웠다. 그날 이후, 35년간 나는 게으른 PD가 되지 않았다.

어설프기 짝이 없던 나의 첫 작품 〈나 홀로 뜰앞에서〉는 정말 송출되어 전국으로 방송되었다. 나중에 안 사실이지만 신입 PD의 데뷔작은 웬만하면 방송해 주는 것이 관례였다. 어쨌든, TV 모니터가 내 뮤직비디오로 채워지는 기적 같은 일을 경험하며 PD가 대단한 직업이라는 사실을 알았다. 3분 30초 동안 대한민국 국민 대부분이 내가 만든 화면을 보고 있다니!

'PD 할 만하네.'

어쨌든,
나는 나의 길을 간다

조연출 생활 5년 만에 드디어 PD가 됐다. 하지만 PD가 되어서도 나는 조연출처럼 밤새워 일했다. PD와 조연출은 맡은 일이 다르기 때문에 할 일은 무궁무진했다. 심지어 국장급 PD가 됐을 때도 밤새워 일해, 주변에서 '집에 들어가 좀 쉬시라'고 할 정도였다. 나의 이런 모습은 후배들에게 좋게만 비추어지지 않았다. 간간이 뒤에서 흉보는 PD들도 있었는데, 자신들을 믿고 맡기지 못한다는 것이 이유였다.

나는 그게 아니었다. 믿지 못해서가 아니라, 조연출들이 밤새워 일하는데 PD만 일찍 들어가 쉬는 것이 어쩐지 마음에 걸렸다. PD로서의 내 철학도 한몫했다. 내 손을 거치지 않은 장면은 단 한 컷도 송출될 수 없다는 것이다. 그런 이유에서 나는 조연출들과 마찬가지로 밤새워 일했고, 내 모든 프로그램은 내 손을 거쳐 방송을 탔다. 다행스럽게도 나와 한 팀으로 일한 사람 중에는 이런 내 생각을 이해해주는 후배가 많았다. 솔직히 말하자면 그런 후배들도 이렇게 얘기하긴 했다.

"국장님은 꼭 같이 일 해봐야 하는 PD죠. 배울 게 많아요. 하지만 두 번은 별로 하고 싶지 않아요, 하하하."

어쨌든, 나는 나의 길을 간다.

PD야? 운전기사야?

"조연출 잘하면, 연출도 잘해."

새벽 포장마차에서 선배들이 해준 얘기였다. 연출을 잘하려면 조연출부터 잘하라는 얘기다. 그러나 아쉽게도 조연출이 '잘' 할 수 있는 일은 사실 별로 없다. 조연출이 아무리 잘해봐야 PD의 손을 거쳐 방송하게 되어있으니, 결국 프로그램이 성공하려면 PD가 잘해야 한다. 그렇다면 내가 할 일은 간단했다. 일이든 사생활이든, PD의 심기를 편하게 해주자. 그러면 PD의 컨디션이 좋아질 것이고, 그렇게 되면 프로그램도 좋아질 것이다. 이런 단순한 논리로 나는 내가 모시는

PD에게 최선을 다했다. 조연출 5년간, 나의 목표는 'PD를 잘 모시는 것'이었다.

"영희야, 언제 끝나니?"

밤 11시에 선배 PD가 물었다.

"편집 한두 시간 더 해야 해요."

"나도 콘티 짜야 하는데, 기다릴게."

집에 같이 가자는 얘기였다. 더 정확히 말하자면 차가 없던 선배가 내 차로 자기를 데려다 달라는 거였다. 그런데 그것은 우리 집을 지나서 선배를 내려주고 다시 돌아서 와야 하는, 상당히 불합리한 동선이었다. 택시 타고 가면 간단히 해결될 것을 선배는 굳이 내 차를 타려고 했다.

"형, 이거 너무 심한 거 아냐?"

투덜대기는 했지만 'PD를 잘 모시자'는 것이 내 모토가 아니었던가. 결국 나는 이 부당한(?) 라이딩을 거의 2년간 계속했다.

이렇게 엑설런트한(?) 조연출 생활 5년을 마치고, PD가 되면서 나도 조연출들과 일하게 되었다. 사실 어떤 프로그램을 하든지 조연출이 잘하면 좀 편하고, 못 하면 실제로 힘들다. 〈!느낌표〉 조연출이 작업한 1차 편집본을 보고 테이프를 집어 던진 적도 있다.

"이걸 편집이라고 해 왔어? 방송할 수 있겠어?"

지금 와서 생각해보면 좀 살살할 수도 있었는데 왜 그렇게 심하게 말했을까 후회도 되지만, 지금 그 조연출은 대한민국에서 가장 연출을 잘하는 PD 중 한 명이 되었다. 어쨌든 내가 중견 PD가 된 후, 조연출들과 술 한잔하게 될 때면 그때 선배들에게 들었던 말을 똑같이 하곤 했다.

"조연출 잘하면, 연출도 잘하는 거야."

그러면서 한마디 덧붙였다.

"PD 잘 모셔라. 하하."

선배에게 인정받고 싶은 후배

〈일요일 일요일 밤에〉는 당시 대한민국에서 가장 크고 중요한 프로였다. 우리나라 예능의 흐름을 쥐락펴락하며 막강한 영향력을 구사했다. MC 주병진이 최고의 전성기를 구가하던 시절, 영광스럽게도 그 〈일밤〉의 PD로 내가 발령이 났다. 나의 첫 연출작이 〈일밤〉이 된 것이다. '아, 잘해야 할 텐데.' 사실 나와 함께 CP로 발령 난 주철환 선배는 특유의 친화력을 바탕으로 섭외에 능한 PD였고, 이미 〈퀴즈 아카데미〉라는 대학생 퀴즈를 히트시킨 스타 PD였다. 그런 주 선배에게 누가 되기는 싫었다. 그러려면 〈일밤〉의 '몰래카메라'를 성공시키는 것이 가장 중요했다. 가수 유열이 샤워할 때 이경규가 샴푸를 계속 몰래 뿌리는 통에 "어? 왜 샴푸가 안 닦이지?" 하며 연신 머리를 감아대는 장면은 당시 장안의 화제였다. 나는 이 10분짜리 작은 코너를 크게 키워서 대박 내겠다고 마음먹었다.

사실 다른 이유도 있었다. '몰래카메라'는 내가 제일 존경하는 선배인 송창의 PD가 시작한 코너였기 때문이다. 송 선배는 당대의 걸출한 PD답게 만드는 것마다 성공시키는 우리 시대 1등 PD였다. 새로운 발상이나 프로그램에 대한 열정, 성공시키기 위한 인내. 어느 것 하나 배우고 싶지 않은 것이 없었다. 그 '송창의'가 시작한 '몰래카메라'였기 때문에 나는 정말 '잘' 하고 싶었다. 나의 목표, 송창의 선배로부터 인정받고 싶었다.

'What is your name?'이 무슨 뜻인가요?

이경규는 에너지가 넘쳤다. 특히 '몰래카메라'에 대한 그의 열정은 대단했다. 믿을 만했다. 게다가 '몰래카메라'에는 당대 최고의 예능 작가 강제상이 합류해 있었다. 이 두 사람의 말을 따르자는 내 판단은 옳았고, 그들은 역시 대단했다. 내가 연출한 첫 방송부터 '몰래카메라'가 터진 것이다.

첫 화에서 우리는 '가짜 퀴즈 아카데미'를 만들어 이경규를 가짜 MC로 기용했다. 출연한 대학생 수재들과 출제자로 나온 가수 이범학은 가짜인 줄도 모르고 초등학생용 문제를 진지하게 내고 맞히면서 전국을 웃음바다로 만들었다. '이런 쉬운 문제가 진짜로 출제된 거야?' 고개를 갸우뚱하면서도 일단 열심히 맞히고 보는 대학생들의 모습은 정말 웃다가 눈물이 날 정도였다.

"이번엔 영어 문제입니다. '당신의 이름은 무엇입니까?'가 영어로 뭡니까?"

혹시 무슨 함정이 있는 건 아닐까? 의심하면서도 대학생들은 버저부터 누르고 봤다. MC 이경규가 바람을 잡았다.

"네, 서울대학교 팀이 빨랐습니다! 정답을 말해주세요!"

"정답은 'What is your name?' 입니다."

"네, 정답입니다! 축하합니다."

이경규가 시침 뚝 떼고 진행하는 모습은 촬영을 하면서도 웃음을 참기 힘들었다.

이경규와 나의 첫 번째 합작품은 이렇게 대박이 났다. 처음으로 방송이 나간 다음 날 만나는 모든 사람이 내 프로그램 얘기를 했다. 그건 무척 특별한 경험이었다. 식당에서, 술집에서, 길을 가면서도 사람들은 '몰래카메라' 얘기를 했다.

"어제 '몰래카메라' 봤어? 이범학, 대박이야!"

그 후 30여 년간 우리는 친구처럼 지내며 만드는 프로그램마다 대박 행진을 이어갔다. 호사가들은 김영희 사단이라는 용어를 만들어 명단의 제일 앞에 이경규를 내세우기도 했다.

언젠가 '양심 냉장고'가 성공 가도를 달리던 날, 술 한잔하던 이경규로부터 의외의 얘기를 들었다.

"형, 내가 형을 언제 대단하다고 생각했는지 알아?"

동갑내기이지만 이경규는 나를 형이라고 부르고 나는 그를 이경규 씨라고 부른다.

"언젠데?"

궁금했다.

"우리 '몰래카메라'로 처음 만났을 때야."

"응?"

"그때 형이 내 말을 다 들어주더라고. 첫 연출작인데도 말이야. 다른 PD들 같으면 권위 때문에 고집도 부리고 했을 텐데, 그렇지 않은 형을 보고 대단한 PD라고 생각했지."

어쨌든 이경규와 나는 처음 만난 날부터 서로를 신뢰하며 최선을 다했고, 우리의 첫 번째 야심작 '몰래카메라'는 매주 전국을 흔들었다. 곰곰이 생각해 보면 국민 대부분이 내가 만든 방송을 보고 화제 삼으며 즐거워할 수 있다는 것은 정말 놀라운 일이었다. PD, 정말 할 만하다!

수용자 중심이라는 것

일본 후지 TV에서 연수를 하던 시절, 매일 버스로 출퇴근하면서 한 가지 이상한 점을 발견했다. 한산한 버스 정류장에 사람들이 슬슬 나타나기 시작하면 버스가 곧 도착하는 것이다. 가만히 관찰해보니 정류장 기둥에 어떤 도표가 붙어 있었다. 버스 시간표. 시내버스의 출도착 시간표라니? 지금으로부터 30년 전에 이미 일본에는 정시 도착, 정시 출발하는 시내버스 시간표가 있었던 것이다. 반면 당시 한국은 언제 버스가 도착할지 몰라서 마냥 기다려야 하던 시절이었다.

비가 오는 날이었다. 필기구들을 사기 위해 백화점에 들렀다. 문구들을 골라 계산대에 내밀었는데 포장에 시간이 좀 걸렸다. '아무리 꼼꼼한 일본이라지만 그냥 줘도 되는데 좀 심하네.' 짜증이 날 무렵, 물건을 받아들면서 나는 다시 한번 깜짝 놀랐다. 문구를 담은 포장지에 투명 비닐을 덧씌워, 비를 맞아도 문제없게 만들어 준 것이다. 당시 한국은 물건을 포장지에 싸주는 일도 드물던 시절인데, 비가 온다고 비닐을 덧씌워주다니! 그때 깨달았다. 방송도 마찬가지라는 것을. 진정으로 시청자를 위한 방송을 만들어야 한다. 나는 한국으로 돌아와서도 그 경험을 잊지 않았다.

'후지 테레비' 가는 길

"LA 연수 다녀와라."

국장이 나에게 뜻밖의 제안을 했다. 지난 9년 동안 연출한 성과가 나쁘지 않으니 나에게 잠시 쉴 기회를 주겠다는 뜻이었다. 그러나 나는 LA 연수에 문제가 좀 있다는 것을 알고 있었다. 연수 내용도 초보적인 데다가 미국의 문화나 방송 시스템은 우리와 달라서 배우기에는 적당하지 않았다.

"국장님, 하루만 생각할 시간을 주십시오."

어? 누구나 덥석 받을 제안을 생각해보겠다니? 국장은 의아해했다.

"저, 밤새 생각해 봤는데요, 안 가겠습니다."

LA에 가서 6개월 놀다 올까? 했지만, 결국 안 가기로 결정했다. 어, 이놈 봐라? 의외의 대답을 들은 국장이 이유를 물었다. LA 연수의 문제점들을 설명하고 나서 진짜 이유를 말했다.

"저는 입사 9년 차입니다. 한창 일할 때입니다. LA에 가서 허송세월하고 싶지 않습니다."

당돌한 대답에 국장이 다시 물었다.

"그래서, 연수를 안 가겠다?"

"아닙니다."

가겠다는 거야? 안 가겠다는 거야? 어리둥절해하는 국장에게 결론을 얘기했다.

"국장님, 일본으로 가겠습니다."

"일본? MBC에는 일본 연수 제도가 없잖아?"

"일본 예능이야말로 우리가 배워야 할 것들을 가지고 있습니다. 문화도 비슷합니다. 제가 일본 연수 프로그램을 만들어 보겠습니다."

일본을 배워서, 이제는 베끼지 않고 뛰어넘겠다는 나의 열정에 국장의 답이 돌아왔다.

"1주일 주지."

MBC의 자매 방송사인 후지 TV의 〈와랏테 이이토모笑っ
ていいとも!〉는 우리말로 '웃으면 좋은 친구'쯤 되는 후지 TV
의 〈일밤〉이었다. 일본 예능의 대표 프로그램이기도 한 〈와랏
테〉의 CP에게 직접 연락했다. 취지를 설명하고 직접 제작에
참여할 수 있게 해달라, 열심히 배우겠다는 설득에 바로 답변
이 왔다. 〈와랏테〉의 3개월 치 스케줄을 보내 줄 테니, 어떻게
참여할지 구체적인 계획을 보내 달라는 것이다. 나는 지체하
지 않고 바로 답을 보냈다. '모든 스케줄에 매일 참여하겠다.'
후지 TV의 승낙이 떨어졌다.

"국장님, 후지 TV 연수 계획서입니다."

내가 제출한 계획서를 읽어 보는 국장은 기뻐하는 눈치
였다.

"실무 연수입니다. 후지 TV 제작진과 같이 생활하면서 모
든 것을 뽑아먹고 돌아오겠습니다."

나중에 내가 본부장이 되고 회사 대표가 되었을 때, 뭔가
하려고 하는 후배들을 보면 정말 도와주고 싶었다. 그때의 국
장도 그랬을지 모른다. 국장의 허락이 떨어졌다.

"연수부와 협의해 봐."

기억력이 좋아지는 법

'미즈구치水口' 상은 〈와랏테 이이토모〉의 CP였다. 동년배인 그는 나를 '기무金' 상 이라고 부르며 어디든 데리고 다녔다. 가는 곳마다, 만나는 사람마다 배울 것이 넘쳤다. 나는 대본이든 큐시트든 시청률 그래프든 닥치는 대로 수집했다. 아울러 모든 것을 메모했다. 처음 보는 것은 물론이고, 궁금한 것도 질문을 해 가며 메모했다. 메모 공책은 한 권 두 권 늘어났고, 연수를 마치고 돌아올 무렵엔 큰 여행용 가방이 모자랄 정도로 넘쳤다.

사실 메모하는 습관은 연수 첫날 배운 것이었다. 후지 TV에 처음 출근한 날, 회의실의 스태프들은 모두가 메모하고 있었다. '뭐 저런 것까지 메모할까?' 싶을 정도로 서로의 얘기를 빼놓지 않고 메모했다. 옆자리의 조연출에게 항상 이렇게 메모하냐고 물어봤다. 그는 그 질문이 이상하다는 듯 나를 쳐다봤다.

"메모하지 않으면 착오가 일어납니다."

일본에서는 식당에서 주문받을 때도 메모한다. 아무리 간단한 주문일지라도 착오를 방지하기 위해서이다. 우리는 어떤가? 대부분의 조연출들은 PD의 지시를 머리로 입력하고 처리한다. 잊어버리지 않으려고 입을 종알거리며 애쓰지만, 기억력에는 한계가 있기 마련이다. 돈이 들거나 힘든 일도 아닌데 아직도 우리 사회는 메모하는 습관이 부족하다. 회의 첫날 〈와랏테〉의 조연출은 나와 헤어질 때도 역시 나의 이름과 숙소, 다음 만나는 시간까지 일일이 메모하고 돌아갔다. 돌이켜보면 그날, 내가 처음 후지 TV 회의실을 방문했던 바로 그날이 연수 중 가장 많은 것을 배운 날이었다. 그 후의 4개월은 내가 첫날 보고 느꼈던 것을 메모로 구체화하는 과정이었다.

〈나는 가수다〉를 만들 때, 나는 한 후배 PD를 보고 깜짝 놀랐다. 그는 갓 연출로 데뷔한 PD였는데, 회의 내용이나 지시 사항은 물론 그때그때 떠오르는 자신의 아이디어들을 그림까지 그려가며 메모했다. 너무 놀라웠다. 한국으로 돌아온 이래 그렇게 꼼꼼히 메모하는 사람은 본 적이 없다. 그래서인지 그는 〈나가수〉 회의 중 나온 얘기들을 하나도 놓치지 않고 처리하는 괴력을 발휘했다. 실제로 그 복잡한 매머드급 프로그램을 녹화하면서, 내가 한 번도 화를 내거나 짜증 낼 일이 생기지 않았으니 놀라운 일이었다. 심지어는 회의에서 빠뜨린 것들까지 챙겨가며, 〈나가수〉의 첫 녹화를 멋지게 성공시켰다.

메모의 힘이었다.

메모는 사소한 것들에 생각을 분산시키지 않고 핵심에 집중할 수 있도록 해준다. '생각의 선택과 집중'을 가장 잘할 수 있게 해주는 것이 바로 메모이다. 확언컨대, 메모 잘하는 사람은 일도 잘한다. 그 당시 메모를 꼼꼼히 해가며 〈나가수〉를 성공시킨 후배 PD의 메모 공책은 언제 보아도 너덜너덜했다. 지금도 회의 한 번 하고 나면 작은 공책 한 권쯤은 훌쩍 날려 버리는 그는 현재 대한민국에서 가장 일 잘하는 PD 중 한 명이기도 하다. 바로 이병혁 PD이다.

차이는 디테일이다

후지 TV도 야외 촬영이 있기 전날은 한국과 마찬가지로 분주했다. 조연출들은 스태프들에게 촬영 대본을 전달하기 위해 이리 뛰고 저리 뛰었다. 출연자는 물론 참여하는 모든 사람, 운전기사나 분장사에게까지 대본을 전달했다. 아무리 빈틈없는 일본이라지만 좀 오버 아냐? 저런 분들에게는 대본이 꼭 필요하지 않을 텐데. 그렇게 생각하며 대본을 펼쳐 든 순간 나 자신이 부끄러워졌다. 대본의 첫 장에는 시간 단위로 쪼개져 있는 스케줄표가 붙어 있었다. 8:00 주차장 오픈, 8:30 분장, 9:00 녹화 시작, 12:00 점심 등 녹화에 참여한 모든 사람은 이 스케줄표에 따라 자신의 할 일을 하면 되는 것이다. 더 놀라운 것은 대본의 마지막에 붙어 있는 세 장의 지도였다. 녹화할 백화점의 위치를 알려주는 큰 지도 한 장과 촬영 장소, 분장 장소는 물론 점심 먹을 식당까지 표시한 세밀한 지도 한 장, 그리고 마지막 한 장에는 이동할 장소 간의 최단 거리 루트가 형광펜으로 표시되어 있었다. 내 눈을 믿을 수 없었다.

"주차 어디다 해?", "에잇, 식당 찾느라고 두 바퀴 돌았어!"

이런 말들이 심심치 않게 오고 가는 것이 당시 한국의 현실이었다. 배워야 한다. 배워야 일본을 따라갈 수 있다. 나는 스케줄표와 지도가 붙어 있는 그 대본을 신줏단지 모시듯 가방 깊숙이 보관했다. 지금은 스마트폰 덕분에 저런 혼선이 적어졌지만, 그래도 디테일은 여전히 부족하다.

다음 날, 녹화는 정확히 정각 9시에 시작되었고, 12시에는 사전 섭외된 식당에서 조용히 밥을 먹었다. 모든 스태프가 정확한 정보를 공유하고 있으니 계획대로 진행되지 않는 것이 오히려 이상했다. 녹화는 기대한 시간에 훌륭하게 끝났고, 그날 밤 나는 우울했다. 9시 녹화로 고지해 놓고 10시나 되어서야 시작하는 우리네 현실, 이게 고쳐질 수 있을까?

유난히 더웠던 그해 여름의 열기를 견디며, 나는 일본에서 많은 것을 배웠다. 연수를 마치는 날 '미즈구치' 상과 뜨거운 포옹을 하며 감사의 작별인사를 했다. 나리타 공항 출국장으로 들어서는 나의 손에는 보물 한 보따리가 들려 있었다. 그 메모 보따리들을 풀어가며 한국의 방송들을 하나씩 바꾸어가리라! 나는 흥분으로 조금 들떠 있었다.

승률 9할의 비결

〈와랏테〉의 대본은 나에게 금과옥조였다. 한국의 스태프들에게 보여주고, 그대로 따라 하게 했다. 대본에 스케줄표와 지도를 붙이고 모든 정보를 공유했다. 준비는 복잡하고 번거로웠지만 녹화는 정말 제시간에 시작되었다. 참여한 스태프와 연예인도 모두 놀랐지만 가장 놀란 사람은 바로 나였다. 녹화가 제시간에 시작될 수 있구나! 나는 그 후로 25년간 어떤 프로그램을 만들든지 시간을 준수해 녹화를 시작했다. 스태프들은 나의 방침에 따라 일정을 스케줄표에 맞추려고 긴장을 늦추지 않았다. 긴장감이 팽팽히 흐르는 프로그램과 느슨한 프로그램의 결과물은 다를 수밖에 없지 않은가? '시간 준수'에 숨겨진 진짜 포인트는 바로 '긴장감 유지'였다.

내가 만든 프로그램은 대부분 성공했다. 어떤 언론에서는 '승률 9할의 PD'라는 제목으로 성공 비결을 다루기도 했는데, '시간 준수'라는 나의 방침이 큰 역할을 했음은 말할 필요도 없다. 심지어 나는 시간 개념이 없는 중국에서도, 녹화 시각을 지키는 것이 제1원칙임을 강조했다. 중국의 스태프들은 나의 방침을 열심히 따랐고, 놀랍게도 중국에서도 녹화 시간을 지키는 기적이 일어났다. 내가 맡은 중국 프로그램은 2016년 3개월간 중국 전체 예능 중 1등을 기록하는 기염을 토했다. '시간 준수'의 힘이었다.

모든 콘텐츠는
삶과 무관하지 않다

'하카다'에서 '삿포로'까지, 일본 연수가 끝나갈 무렵 배낭여행을 떠났다. 대도시는 물론 시골 작은 마을을 걸어 다니며 일본을 만끽했다. 돈가스, 카레, 스시 등 일본 음식들은 내 입맛을 사로잡았다. 백 년 된 우동집, 3대째 이어 온 도미 머리 조림집 등 맛집들이 넘쳤다. 그런데 더 신기한 것은 TV에도 요리 프로가 넘쳐난다는 것이었다. 어딜 가나, 어느 시간대나 TV를 켜면 다양한 요리들이 쏟아졌다. 화면마다 입안에 군침을 돌게 했다. <요리의 철인料理 鐵人>이라는 요리 프로가 전체 예능에서 1위를 기록할 정도로 일본 TV는 요리의 전성시대를 구가하고 있었다.

2005년, 내가 예능 국장이 되었을 때, <일밤>에서 요리 프로를 시도했다. 내심 한국 최초의 대형 요리 프로가 성공하기를 기대했지만 보기 좋게 실패했다. 먹고 살기에 바빠서 그랬을까? 한국의 시청자들은 요리에

별로 관심이 없었다. 시청률이 나오지 않았다. 그런데 그때로부터 20년이 흐른 지금, 백종원 같은 요리 스타들의 탄생이 일상이 되면서, 한국 TV도 요리 프로그램으로 도배되고 있다.

콘텐츠는 삶의 투영이다.

조용히 하라고?

녹화를 시작하기 전, 음향감독이 꼭 "조용!"하고 크게 소리를 친다. 불필요한 소음이 녹음되는 것을 방지하기 위해서이다. 내가 입사할 때부터 선배들이 그랬으니 으레 그래야 하는 줄 알았다. 그런데 일본은 그러지 않았다. 스태프들이 자유롭게 웃었다. 실수로 덜컹 소음이라도 내면 어이쿠, 주위를 살필 정도인 한국과는 정말 달랐다. 녹화할 때마다 스태프와 출연자 간에 얘기하고 화내고 크게 웃기도 했다.

일본에서 돌아와 첫 야외 녹화를 나갔다. 아니나 다를까 녹화를 시작하기 직전, "조용!" 오디오 감독이 소리쳤다. 나는 그 순간을 놓치지 않았다.

"아닙니다. 마음대로 웃어도 됩니다. 웃으며 녹화합시다."

스태프들은 물론 연예인들조차 고개를 갸우뚱했다. '그래도 되나?' 이미 습관이 든 스태프들은 여전히 조용했다. "하하하, 깔깔깔!" 나는 보란 듯이 큰 소리로 웃었다. 스태프들이 걱정스러운 듯 나를 쳐다봤지만, 개의치 않고 연예인들과 얘기까지 주고받았다. 연예인들도 나의 그런 모습을 재밌어했다. 시간이 지나면서 스태프들도 간간이 웃기 시작했다. 자연스레 시끌벅적, 녹화 현장에 활기가 넘쳤다.

연예인들은 나와 녹화만 하면 기가 살았다. 내가 웃으면 신이 나서 더 웃겼다. 자기 개그가 재미있다는 것을 담당 PD가 웃음으로 확인시켜주니 얼마나 든든하겠는가? 유재석도 그랬고 신동엽, 김용만도 그랬다. 현장의 웃음이 방송에 나가기 시작하자 시청자는 물론이고 방송 관계자들도 신기하게 생각했다. 저래도 되나? SBS, KBS PD로부터 '그렇게 웃어도 편집에 차질이 없냐?'고 문의가 들어올 정도였다. 그때부터였다. 대한민국 예능 프로그램에 현장의 웃음소리가 들어가기 시작했다. 〈무한도전〉이든 〈1박 2일〉이든, 〈삼시 세끼〉든, 연예인과 PD가 스스럼없이 소통하는 모습은 여기에서 시작했다. 말하자면 '리얼 버라이어티'의 시초가 된 셈이다. 이제는

PD나 작가들이 일부러 더 크게 웃어 준다. 하하하!

좋은 것은 주저 없이 배워라!

나는 사실 기고만장했다. 일본에서 배워온 것들로 한국의 방송을 하나씩 바꿔가면서, 못 할 게 없다는 자신감이 넘쳐 났다. 그때 기회가 왔다. 주말 새 예능 프로의 PD로 발령이 난 것이다. 제목을 〈TV 파크〉로 정하고, 김용만과 박미선을 MC로 캐스팅했다. 그리고 일본에서 보고 온 예능 자막을 넣기로 했다. 모든 출연자의 말을 자막으로 크게 깔아 주는 것이다. 정보용 자막뿐이던 시절이니, 그렇게 크고 많은 자막을 넣는다는 것은 다들 놀라 펄쩍 뛸 일이었다.

미술 스태프들로부터 엄청난 저항이 밀려왔다. 한 프로에 자막이라고는 기껏해야 40~50개 수준이었던 당시에, 600개의 자막을 타이핑하자면 며칠 밤을 새워도 모자란다는 것이었다. 더군다나 처음 시도하는 예능 자막이 커다랗기까지 하니 그들로서는 죽을 노릇이었다. 그래도 스태프들을 협박하고, 사정도 해가면서 기어코 600개의 자막을 만들었다.

"김 PD, 이걸 왜 하는 거야? 어지럽지 않아?"

최종 편집을 같이하는 편집 감독에게 욕을 먹으면서도 꿋꿋이 자막을 붙여 나갔다. 예능 자막은 화면을 톡톡 튀게 할 뿐 아니라 재미를 배가시킨다고 확신했기 때문이다. 마침내 〈TV 파크〉의 첫 방송 편집을 마쳤다. 600개의 예능 자막을 대한민국에 처음으로 송출할 준비를 끝낸 것이다. 그리고 앞으로 대한민국 방송의 화면을 바꿀 첫 방송이 전파를 탔다.

낯선 것과 익숙한 것의 차이

'따르릉, 따르릉' 여기저기서 전화벨이 울렸다. 전화통에 불이 났다. '이게 뭐지? 방송이 대박 난 거야?'하는 내 기대는 완전히 빗나갔다.

"야, 자막이 왜 저렇게 커? 정신 나갔어?"

시청자들의 항의 전화가 빗발쳤다. 처음 보는 예능 자막에 어지러워서 못 보겠다는 것이다. 아이러니였다. 시청자들을 위해 생동감 있는 자막을 넣어준 것인데 오히려 못 보겠다니.

"야, 너 미쳤어? 자막 빼!"

예능 국장이 전화를 걸어 다짜고짜 소리를 질렀다.

"알겠습니다."

공손히 전화를 끊었다. 물론 자막은 빼지 않았다.

예능 자막은 반드시 시청자들에게 유익한 것이라고, 시간이 지나 적응하면 오히려 좋아할 것이라고 굳게 믿었다. 두 번째 방송에서도 자막을 빼지 않았다. 전화통에 불이 났다. 나는 국장을 피해 다니며 세 번째 방송에도, 네 번째 방송에도 계속해서 자막을 넣었다. 전화벨이 조금씩 줄어들기 시작했다. 두 달쯤 지나자 정말 기적 같은 일이 일어났다. SBS의 한 예능 프로에서 예능 자막을 넣은 것이다. 그다음 주에는 KBS에서도 예능 자막을 넣었다. 이럴 수가! 얼마 지나지 않아 거의 모든 예능 프로그램에서 자막을 넣는 기적이 일어났다.

상상해보자. 만약 지금 예능 프로그램에 자막을 넣지 않는다면 시청자들의 항의가 빗발칠 것이다.

"프로그램 만드는데 왜 이렇게 성의가 없어?"하고 말이다.

좌절을 멋지게 극복하는 방법

예능 자막이 성공했다. 대한민국 방송의 화면을 바꾼 것이다. 그 자부심도 잠시, 나는 PD 인생 최대의 난관에 봉착했다. 어린이들의 자립심을 키워주고자 한 코너에서 사고가 터졌다. 한 어린이의 편식 습관을 고쳐준다고 먹기 싫다는 시금치를 강제로 먹인 것이다. 방송이 나가자 언론은 집중포화를 퍼부었다.

교육에 대한 무지
방송의 공익성은 어디로?

사회적 질타가 이어지며. PD에 대한 인신공격까지 난무했다. 결국 방송심의위원회의 강력한 징계를 받았다. 좌절했다. 자신에 대한 실망 때문이었다.

"심의실로 보내주십시오."

연출한다는 것이 겁이 났고, 연출할 자신도 없었다. 국장에게 사정을 말씀드리고 선처를 부탁했다. 알았다고 한 국장은 무슨 일인지 발령을 내지 않았고, 시간은 흘러갔다. 점점 더 무력감으로 짓눌려 갈 무렵, 송창의 선배가 내게 다가와 옆자리에 앉았다. 내가 가장 존경하는 선배 PD가 일부러 나를 찾아온 것이다.

"어? 웬일이세요?"

"영희야, 힘들지?"

내 등을 툭 치더니 대뜸 자기 얘기를 시작했다.

"너는 아무것도 아니야. 나는 만드는 프로마다 심의위원회 불려갔어."

"네?"

"지금까지, 아마 열댓 번 불려 갔을걸?"

나의 롤모델 송 선배가 자기는 더 했다고 장난스럽게 얘기했다.

"PD 하다 보면 이런 건 작은 거야. 이번 일이 너의 PD 인생에 큰 도움이 될 거야, 힘내!"

그의 한 마디 한 마디가 내 마음을 어루만졌다.

"영희야, 이번 일을 겪고 나면 너는 틀림없이 성장해 있을 거다. 너는 훌륭한 PD가 될 거야!"

정말 기뻤다. 가장 존경하는 선배 PD로부터 훌륭한 PD가 될 거라는 말을 듣다니! 그 후 얼마 지나지 않아 국장은 나를 〈일밤〉의 CP로 발령했고, 나는 정말로 '양심 냉장고'로 대박을 터뜨렸다.

왕은 왕을 알아본다

'양심 냉장고'가 대박이 난 해, 예능국의 송년회가 열렸다. 밤이 깊어지니 대부분의 PD가 얼큰하게 취해 있었다. 나도 취할 무렵, 누군가가 내 뒤에서 목을 끌어안았다. 누구지? 송창의 선배였다. 역시 얼큰하게 취한 송 선배가 갑자기 내 귀에 나지막이 속삭였다.

"영희야, 너는 '킹'이야."

"네?"

깜짝 놀라 선배를 쳐다봤다. 선배는 웃으며 일어서려다가 다시 고개 숙여 말했다.

"'킹'은 '킹'을 알아보거든, 하하하."

술잔을 들고 돌아가는 선배는 확실히 취해있었다. 아무리 취중이라도, 가장 존경하는 선배가 나에게 왕이라는 말을 하다니! 나 자신이 너무 자랑스러웠다. 송창의 PD는 왕이 틀림없다. 그런데 그 왕이 나를 알아봐 주다니! 나는 이 말을 평생 가슴에 넣고 살았다. 예능의 최전선에서 어려울 때마다 이 말을 곱씹으며 최선을 다했다. 그리고 세월이 흘러 선배의 입장이 된 지금, 나는 나를 뒤돌아본다. 나는 누군가에게 '나의 송창의'가 될 수 있을까?

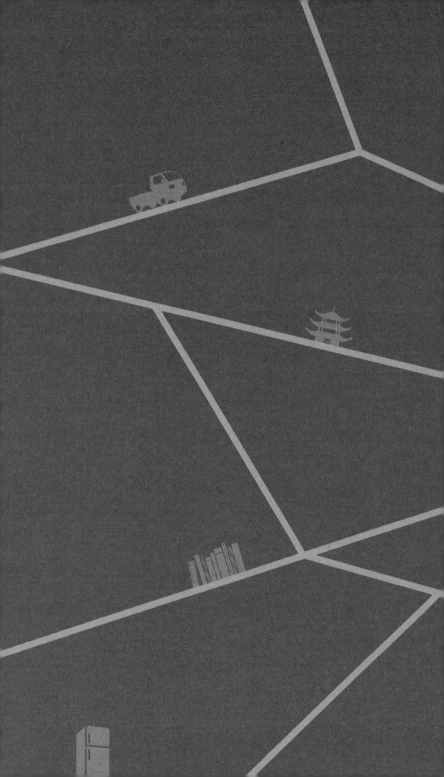

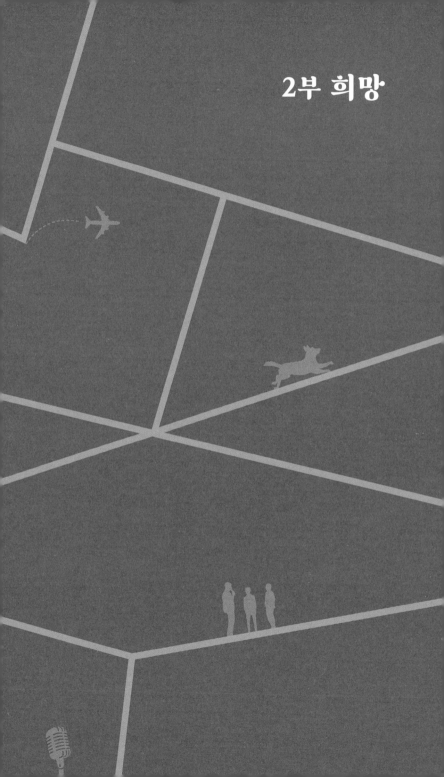

2부 희망

인생은 가까이에서 보면 비극이지만, 멀리서 보면 희극이다

인생을 희극으로 보는 데 천재적인 사람이 있다. 찰리 채플린. 그는 세상을 어떻게 바라보아야 할지 잘 알고 있었다. 어차피 힘든 삶이라면 잠깐 떨어져 웃을 수 있는 여유가 필요하다.

"인생이란 가까이에서 보면 비극이지만, 멀리서 보면 희극이다."

찰리 채플린을 위대한 코미디언으로 만든 그만의 철학은 또 있다.

"다른 사람의 웃음으로 내가 고통받는 것은 괜찮지만, 나의 웃음으로 다른 사람이 고통받는 일은 없어야 한다."

이경규는 내가 아는 개그맨 중에서 제일 웃긴 사람이다. TV에서나 평소 생활에서나 일상이 '코미디'인 사람은 처음 봤다. 사람 자체가 '코미디'이기는 참 힘든데, 이런 타고난 기질 덕분에 세상 어디에도 없는 천재적인 코미디언이 되었다. 그런 이경규 역시 채플린 못지않은 철학을 가지고 있다.

"사람들이 바보를 보고 즐거워한다면, 나는 바보가 되어 코 옆에 계속 큰 점을 찍을 것이다."

이렇게 말하는 그를 다시 쳐다본 적이 있다. 코미디언에게 최고의 찬사는 '웃기는 사람'이 아닐까? 나는 한결같이 웃기는 사람, 이경규를 좋아한다.

어렵다면 도전하라!

1996년 2월, 갑자기 〈일밤〉의 CP로 발령이 났다. 당시 〈일밤〉은 시청률 2%로 거의 1년째 고전을 면치 못하고 있었다. 공중파 3사만이 경쟁하던 시절, 시청률 20%는 넘어야 성공으로 여겨질 때였으니 참담한 결과였다. 자연스럽게 〈일밤〉의 MC였던 이경규에게 '이 프로'라는 별명이 붙었다. 이런 사실을 몰랐던 이경규는 자신이 골프를 잘 쳐서 프로로 불러준다고 생각했단다. 어쨌든 2%에서 좀체 나아질 기미가 보이지 않자 입사 10년 차밖에 되지 않은 김영희에게 한번 맡겨보자, 밑져야 본전이라는 예능국의 결정이 내려진 것이다.

사실 시청률 참패는 〈일밤〉의 자체적인 문제도 있었겠지만, 김용건, 이영자를 비롯해 잘나가는 연예인들이 총출동한 KBS의 시트콤 〈금촌댁네 사람들〉 때문이었다. 시청률 40%가 넘는 초대박 프로와 경쟁해야 하는 상황에서 〈일밤〉의 CP가 되었으니, 프로그램을 싹 갈아엎어야 했다. '40대 2'라는 차이를 극복하기에는 시간도 없고, 격차도 너무 컸다. 이게 가능할까? 회의를 거듭할수록 역전은 불가능해 보였다. 하지만 웬일인지 물러서고 싶지 않았다.

김대중 총재

〈일밤〉의 새 코너로 '이경규가 간다'를 새로 론칭했다. 유명인사들을 예고 없이 찾아가 인터뷰하는 코너였는데, 두 자릿수 시청률을 기대하기엔 역부족이었다. 궁여지책이랄까? 출범 2개월 만에 나는 엄청난 모험을 감행했다. 이 시대의 거물 정치인 김대중 총재를 찾아가기로 결정한 것이다. DJ라면 확실한 흥행 카드였지만, 예고 없이 방문하는 것이라 걱정이 앞섰다. 게다가 야당 총재인지라 정치적 판단도 필요했다.

"DJ 녹화합시다!"

새벽 4시에 불려 나온 이경규도 놀라는 기색이 역력했다. 우리는 김대중 총재의 일산 자택으로 무작정 출발했다.

일산으로 가는 봉고차 내부는 내내 쥐죽은 듯한 침묵만 가득했다. 서서히 김대중 총재의 2층 주택이 나타났다.

"어떻게 할까요?" FD가 어쩔 줄 모르며 입을 열었다. 사실 무작정 온 것이라 나도 잘 판단이 서지 않았다.

"일단 한 바퀴 더 돌자!"

실제로는 몇 바퀴나 더 돌고 나서야 대문이 잘 보이는 곳에 봉고차를 세웠다. 김 총재는 정말 새벽 운동을 위해 집을 나설까?

새벽 6시, 정말로 이희호 여사와 함께 김대중 총재가 모습을 드러냈다. 갑작스런 총재 부부의 등장에 모든 스태프가 당황했다. 이경규가 다급하게 물었다.

"형, 어떻게 해?"

"뭘 어떡해? 나가야지!"

당황할 겨를도 없이 스태프들을 데리고 김 총재에게 무작정 다가갔다.

"총재님, 안녕하십니까? 〈일밤〉에서 나왔습니다."

카메라의 깜짝 등장에 김 총재는 놀란 듯 보였다.

"이게 뭐요?"

"불시에 인터뷰하는 〈일밤〉의 한 코너입니다."

나는 차근차근 설명을 드렸다. 사전에 약속을 잡고 올 수 없는 콘셉트라 실례를 범했다는 말에 고개를 끄덕이셨다.

"허허, 이경규 씨, 반갑습니다."

"어, 저를 아십니까?"

"아무렴, 이경규 씨를 모를까? 새벽에 고생이 많아요."

이렇게 인터뷰가 시작되었다.

일산 호수공원을 한 바퀴 도는 1시간 내내 웃음이 끊이지 않았다. 김 총재는 부인 이희호 여사를 놀리기도 하고, 건강 비결을 소개하기도 했다. 이경규의 엉뚱한 질문에도 전혀 당황하지 않았다.

"요즘 좋아하는 연예인 있습니까?"

이경규가 갑자기 물었다.

"서태지와 아이들을 좋아해요."

김 총재의 대답에 이경규가 섭섭한 듯 다시 물었다.

"혹시 좋아하는 연예인이 더 있습니까?"

김 총재는 질문의 의도를 바로 간파하고는 정답을 말했다.

"이경규를 좋아해요. 허허."

김 총재의 유머 감각은 이경규를 능가했고, 인터뷰는 대성공이었다. 지금으로부터 무려 30년 전이다. 야당 정치인 김대중이 예능 프로에 나온다는 것은 대한민국에서 그야말로 빅뉴스였다. 그것도 국민 프로 〈일밤〉에 출연하다니! 언론은 대서특필했고, 즉시 온 국민의 관심사가 방송에 쏠렸다. '예능에 나온 김대중은 어떤 모습일까?'

우여곡절을 겪은 끝에 총재 부부의 모습이 전국으로 송출되었다. 김대중이라는 정치인을 연예오락 프로그램에서 볼 수 있다니, 시청자들의 궁금증을 일으키기에 이보다 훌륭한 소재는 없었다. 기대한 대로 시청률은 수직상승했고, 김 총재의 부드러운 이미지가 전국으로 전파되었다. 방송이 나간 후 방송국 복도에서 만난 한 원로 개그맨의 말이 당시 대한민국의 일반적인 정서를 대변하고 있었다.

"김 감독, 나는 김대중이 정말 빨갱이인 줄 알았어. 그런데 어제 〈일밤〉을 보니까, 옆집 아저씨 같은 보통 사람이더구먼. 고마워 김 감독!"

성공으로 가는 길은 곧게 뻗어 있지 않다

갓 지은 잡곡밥과 미역국. 이희호 여사께서 전 스태프를 위한 아침상을 차려주셨다. 김 총재 내외분과 겸상을 하면서 내 얼굴은 웃고 있었지만, 사실 마음 한구석은 묵직했다. 과연 이 방송을 순탄하게 할 수 있을까? 지금의 국정원인 안기부 직원이 방송국에 상주하던 시절이었다. 뚝딱 먹고 방송국에 돌아온 시간은 아침 8시 30분. 아니나 다를까 방송국에 도착 하자마자 국장이 찾는다는 얘기를 듣고 일이 커졌다고 직감 했다. 국장실로 올라가기 전에 녹화 테이프들을 숨겼다.

국장의 요지는 '첫째, 방송하기에 적합한 내용인지는 방송 사 차원에서 판단하겠다. 둘째, 녹화한 테이프 원본을 지금 당장 보겠다'였다.

"국장님, 정치적인 내용은 하나도 없습니다. 저를 믿어 주 십시오. 녹화 테이프를 미리 보여달라는 것은 사전 검열을 하 겠다는 건데, 오히려 MBC에 해가 될 수 있습니다. 저를 믿 고, 방송하게 해주십시오."

국장과 한바탕 씨름을 하고 담배 연기 자욱한 편집실로 돌 아왔다. 득달같이 전화벨이 울렸다. 총재 비서실이었다.

"김대중 총재께서 〈일밤〉에 출연한다고 언론에 릴리즈했 습니다. 기사들이 곧 쏟아질 겁니다. 잘 부탁합니다."

정치 고수답게 방송이 나갈 수 있도록 사전포석을 해 두었 다는 뜻이었다. 결국 방송은 내가 의도한 대로 나갔고, 완전

성공이었다. 입소문을 타고 시청자들의 재방송 요청까지 쇄도하자, MBC로서도 어쩔 수 없이 또 한 번 방송을 해야 했다. 2%였던 시청률은 어떻게 되었을까? 40%로 치솟으며 〈금촌댁〉을 단박에 압도했다.

대한민국 15대 대통령의 휘호

"시간 좀 내주시죠?"

거듭되는 비서실의 식사 요청으로 63빌딩의 중국집에서 김대중 총재를 만났다. 먼저 감사의 말씀을 드렸다.

"출연해주셔서 〈일밤〉 시청률이 치솟았습니다. 감사드립니다, 총재님."

"허허, 오히려 내가 감사하지요. 정치 인생 30여 년 동안, 내 웃는 얼굴이 방송에 처음 나갔습니다."

얼마나 고마웠으면, 식사가 끝나갈 무렵 김 총재가 내게 물었다.

"내가 뭐 도와줄 일 없어요?"

갑작스러운 말씀에 웃으며 대답했다.

"혹시 나중에 청와대 들어가시면 청와대에서 밥 한번 사주십시오."

다들 웃으며 자리를 일어서는데, 영광스럽게도 김 총재로부터 친필 휘호 액자를 선물 받았다. '敬天愛人경천애인, 後光후광 金大中김대중'이라고 쓰인 휘호에는 나와 집사람의 이름이 오른쪽 상단에 나란히 쓰여있었다.

그다음 해, 김대중 총재는 대통령으로 당선되었다. 그때 그 인연 때문인지, 김대중 대통령은 내가 만든 〈칭찬합시다〉라는 프로그램에 두 번이나 출연해주셨다. 그중 한 번은 2시간짜리 특집 프로그램에 이희호 여사와 함께 출연해주셔서, 방송 역사상 처음으로 예능에 출연한 대통령 부부로 기록되었다. 63빌딩에서 약속한 대로 청와대에서 맛있는 밥을 사주신 것도 물론이다. 그리고 내가 받은 '敬天愛人경천애인' 휘호는 얼떨결에 대한민국 제15대 대통령의 휘호가 되어 있었다.

인내하지 않는 성공은 없다

나는 프로그램을 만들 때마다 기획하는 데 전력을 다한다. 기획만 잘 되면 프로그램의 성공은 그냥 따라오기 때문이다. 그래서 나는 신선한 기획안이 나올 때까지 절대로 포기하지 않았다. 한 달이고 두 달이고 밤새워 회의했다. 돌이켜보면, 나는 다행히 마지막 순간에는 멋진 아이템들이 툭 튀어나오는 억세게 운 좋은 PD였다. '양심 냉장고'가 그랬고 <!느낌표>가 그랬다.

모든 기획은 끈질긴 인내와 강한 집중을 요구한다. 탁월한 기획이라면 만들어내기까지 얼마나 더 힘들겠는가? 어려움을 참아내면서, 끝까지 포기하지 말아야 한다. 성공이란 인내의 산물이다.

신호등 기획법

기획 회의는 자정을 넘기기 일쑤였다. PD와 작가 10여 명이 매일 밤 머리를 맞댔다. 별 소득 없던 어느 날 새벽 4시, 나는 지친 몸을 차에 싣고 집으로 떠났다. 강변 북로를 달려 구의동으로 빠져나갔는데, 갑자기 신호등이 눈에 들어왔다. 항상 되풀이되는 퇴근길이었지만, 그간 한 번도 의식해 본 적이 없는 신호등이 우리 아파트 앞에 있었다.

빨간 불이었다. 무심코 브레이크를 밟았다. 피곤해서 그랬을까? 멈춰서 주위를 살폈다. 오가는 행인은 물론 쥐새끼 한 마리 없었다. 그냥 떠날까? 보행 신호등의 녹색 불이 깜빡거렸다. '에이, 이왕 기다린 거 조금만 참자.' 몇 초 후, 신호가 바뀌고 출발했다. 아파트에 주차하고 집으로 들어가려는데, 신기한 일이 일어났다. '아니, 이게 뭐지?' 금방이라도 쓰러질 것 같던 몸과 마음이 상쾌해졌다. 에너지가 솟아났다. 이유가 뭘까? 평소 무시하던 신호등 한 번 지켰다고 기분이 이렇게 좋아지다니! 이럴 수가? '그래, 바로 이거다! 이걸 방송하는 거야!'

반대가 없으면 새로운 것이 아니다

다음날, 지칠 대로 지친 스태프들을 보면서 호기롭게 말했다.

"아무 걱정하지 마라. 정말 새로운 아이템이 생각났다!"

눈들이 휘둥그레졌다. 궁금해하는 작가들에게 설명했다.

"깜깜한 밤중에 몰래 신호등을 지켜보고 있다가, 신호 지키는 차가 나오면 선물을 주는 거야!"

나는 의기양양해서 작가들의 표정을 살폈다. 작가들은 나를 이상한 눈으로 쳐다봤다.

"네? 뭐라고요? 한밤중에 신호등에서 선물을 준다고요?"

"그래"

"누구한테요?"

"운전한 사람한테."

"그런 걸 누가 봐요?"

이구동성으로 아무도 보고 싶어 하지 않는 기획이라고 했다. 작가들의 반대가 어찌나 심한지, 물러날 수밖에 없었다.

'이거 대박 날 수 있는 아이템인데.' 시간이 지날수록 나의 미련은 점점 커졌다. 어느새 녹화를 하루 앞둔 날, 결정을 내려야 했다. 시트콤이냐? 게임이냐? 어떤 결정을 할지 궁금해하는 제작진 앞에서 입을 열었다.

"내일 녹화는 신호등으로 한다!"

누구도 예상하지 못했던 선언이었다. 당황하는 스태프들에게 설명했다.

"시트콤이나 게임은 새롭지 않다. 새롭지 않을 바에야 신호등을 하는 것이 낫다."

적어도 새로운 아이템이라야 승부를 볼 수 있다.

"시청률 2%가 나오더라도, 그것을 본 시청자들은 기분이 좋아질 것이고, 그렇다면 방송할 가치가 있다!"

당일치기로 되는 일

"이경규 불러!"

신호등의 설명을 들은 이경규 역시 이해할 수 없다는 표정이었다. 반대했다. 깜깜한 밤에 차들만 등장하는 프로를 누가 보겠느냐, 실패하면 책임지겠느냐…… 나도 100% 확신은 없지만, 감동이 있을 것이라며 일단 해보자고 달랬다.

"형이니까 이번 한 번만 해보는 거야."

겨우 허락을 얻어냈다. MC가 개그맨이니 신뢰감을 줄 수 있는 고려대 민용태 교수를 바로 섭외했다. 오락적 요소를 가미하기 위해 치어리더 10명도 불렀다. 2시간 만에 출연자 섭외가 완료되었다.

"촬영 어디서 해요?"

녹화 당일 아침, 조연출이 나에게 물었다. 기획 회의에 시간을 다 빼앗긴 터라, 촬영 장소 찾을 시간이 없었던 것이다. 그래서 평소에 알고 있던 가까운 곳으로 정했다.

"MBC 뒷길 신호등으로 가자."

양심 주인공에게 줄 선물로 '냉장고'도 준비했다. 나중에 기자들은 시대의 양심을 찾아 나서는 프로답게 '썩지 않는 양심'을 상징하는 냉장고를 선물로 준다면서 칭찬을 아끼지 않았다. 고맙게도 '양심 냉장고'라는 이름까지 지어주었다. 그러나 사실 양심 냉장고도 녹화 당일, 즉석에서 결정한 것이었다. 선물은 뭘 주냐고 조연출이 묻기에 제일 커 보이는 게 뭐냐고 되물었다.

"냉장고가 제일 큽니다."

"그걸로 하자."

"근데 이 시간에 구하기가 힘든데요?"

"일단 박스만 구해. 실물은 나중에 보내주면 되니까."

이렇게 해서 모든 준비가 끝났다. 출연자 섭외, 장소 선택, 소도구 준비까지 당일치기로 뚝딱 판을 깔았다.

무모한 도전

밤 10시, MBC 뒷길에 모인 촬영 팀은 모두가 반신반의했다. 신호등 지키는 자동차를 찾겠다니? 그때까지 오락 프로에서 공익을 시도한 적이 없다 보니, 사실 나 역시도 불안했다. 모두의 반대를 무릅쓰고 강행한 촬영이 실패한다면? 머릿속이 복잡해졌지만, 주사위는 던져졌다.

"스탠바이! 3초 전, 2, 1, 큐!"

"이경규가 간다, 간다, 간다! 오늘은 아무도 보지 않는 깜깜한 밤에 신호등을 지키는 시대의 양심을 찾아 나섰습니다."

턱시도에 나비넥타이를 맨 이경규가 민용태 교수에게 물었다.

"교수님은 어떻게 생각하십니까?"

솔직하게 말해달라는 나의 말대로 민 교수는 정말 솔직하게 이야기했다.

"아마 찾기 힘들 겁니다. 우리나라 사람들은 법대로 살면 손해 본다는 생각들이 있거든요."

이렇게 암울한 예측으로 첫 녹화는 시작되었다.

"네, 저기 차가 오고 있습니다. 빨간불인데요, 멈출까요? 지나갈까요? 네, 지나갔습니다."

"또 차가 옵니다. 네, 지나갔습니다."

"택시가 옵니다. 네, 지나갔습니다."

"아, 트럭이 옵니다. 네, 지나갔습니다."

10분, 20분, 한 시간이 흘러도 똑같은 말을 반복해야 하는 이경규의 얼굴에 짜증이 돌기 시작했다.

"네, 저기 차가 옵니다. 아마 지나갈 겁니다. 네, 지나갔습니다."

비아냥거리는 수준이 되었다. 거의 세 시간 째 똑같은 상황만 지켜보던 민 교수의 얼굴도 실망하는 빛이 역력했다.

"제가 뭐라고 했습니까? 우리나라 사람들은 법대로 살면 손해 본다고 생각한다니까요."

새벽 2시, 3시가 되어도 상황은 달라지지 않았다. 안 되는 걸 뭘 이렇게까지 하나? 이경규가 나를 카메라 뒤로 끌고 갔다.

"형, 오늘 녹화 여기서 끝내자. 이 시간에 신호등 지키는 사람은 없어!"

"아냐, 나 같은 사람도 새벽에 신호등 지켜본 적이 있어. 조금만 더 지켜봅시다."

나도 물러서지 않았다. 녹화는 속개되었지만, 이경규의 중계는 시들해졌다. 제작진 중 신호를 지키는 사람이 나타날 것이라 믿는 사람은 아무도 없었다. 어떻게 해야 하나? 고민할 때 민 교수가 나를 카메라 뒤로 데려갔다.

"김 PD, 이거 안 나와. 불가능하다니까! 이쯤에서 그만합시다."

진짜 그럴까? 망설이는 순간 치어리더들의 목소리까지 멀리서 들려왔다.

"추워요. 그만해요."

그때 갑자기 오기가 발동했다.

"조용! 잘 들으세요. 지금 날이 밝을 때까지 나타나지 않으면, 내일 또 녹화할 겁니다!"

워낙 단호한 어조로 얘기한지라, 누구도 반기를 들 수 없었다. 이제는 나도 이판사판이었다.

"3초 전! 2, 1, 멘트 큐!"

새벽 4시에 녹화는 다시 시작되었다.

천당에서 지옥으로

녹화가 재개된 지 10분이나 지났을까? 이경규도 그랬고, 나도 그랬다. 저 멀리서 조그만 경차가 나타나자 묘한 느낌이 들었다. 멈출 것 같은 예감. 이경규의 목소리가 높아지기 시작했다.

"저기 경차가 오고 있습니다. 설 것 같습니다. 설 것 같습니다!"

멘트는 간절했다. 녹화장에 기대감이 돌기 시작했다. 달려오던 티코는 정말 속력을 줄이고 있었다.

"네, 속력을 줄이고 있습니다. 네, 정말 줄입니다."

이경규의 목소리가 절정에 달했다.

"네, 드디어 멈췄습니다, 멈췄습니다! 국민 여러분! 차가 멈췄습니다!"

이경규가 만세를 다 불렀다.

"국민 여러분, 만세! 기적이 일어났습니다!"

새벽 4시 13분. 정말 눈앞에서 기적이 일어났다.

신호등 앞에 멈춰선 쇳덩어리 하나가 이렇게 감동적일 수 있을까? 눈물이 핑 돌았다. 이때 기뻐서 목이 쉬도록 외치던 이경규의 톤이 갑자기 달라졌다.

"움직이지 마! 움직이면 안 돼!"

그렇다. 파란 불로 바뀌기 전에 출발하면 말짱 도루묵이 되는 순간이었다. 이경규가 절규했다.

"조금만 참아, 움직이면 안 돼! 안 돼!"

마치 이경규의 소리를 들은 듯, 우리의 경차는 미동도 하지 않았다. 뒤따라 오던 택시와 자가용들이 빵빵거렸다. 아무도 없는데 왜 멈춰 있냐는 것이다. 그래도 우리의 경차는 끄떡하지 않았다. 멋있다! 보행 신호의 파란 불이 깜박이기 시작했다. 몇 초 후면 차량 신호가 바뀐다는 뜻. 이경규가 다시 절규했다.

"3초만 참아! 2초만 참아!"

드디어 빨간 불이 파란 불로 바뀌고, 우리의 경차가 그제야 움직이기 시작했다. 가슴이 터질 것 같았다.

"국민 여러분, 기뻐하십시오! 양심 주인공이 탄생했습니다!"

그 순간 아차, 했다. 저 차가 떠나버리면 누가 잡아 세우지? 저 차를 잡아야 한다. 이미 출발한 차 앞으로 내가 뛰어나갔다. 두 손으로 막아 세우는데, 얼핏 운전자의 얼굴이 눈에 들어왔다. 붉으락푸르락 얼굴이 일그러져 있었다. '설마?' 내 눈을 의심했다. 운전자의 상기된 얼굴을 확인한 순간, 만감이 교차했다. '아, 오늘 녹화 망했구나!' 나는 그 짧은 순간, 천당에서 지옥으로 떨어지고 있었다. '아, 이럴 수가? 음주운전!'

기적은 첫눈처럼 찾아온다

참 재수도 없었다. 'TV는 냄새가 안 나니까, 슬쩍 방송을 내보낼까?' 수많은 생각이 머리를 스치는 순간, 앞 유리창에 붙어 있는 스티커가 눈에 들어왔다. 장애인 스티커. '그렇다면 혹시?' 반쯤 내린 창문으로 얼굴을 들이밀었다. 알코올 냄새는 전혀 나지 않았다. 일그러진 얼굴의 운전자는 그야말로 온몸이 경직되어 있었다. 음주운전은 아닌지 확인하기 위해 질문을 했다.

"안녕하세요? 집에 가시는 길입니까?"

그리고 그다음, 내 인생에 있어서 가장 감동적인 장면이 나를 기다리고 있었다.

"에, 에, 에…… 네!"

그는 얼굴의 온갖 근육을 움직이며 한마디를 위해 온 힘을 다했다. 힘들게 힘들게 입에서 흘러나온 외마디에 머릿속이 하얘졌다. '이럴 수가, 이런 일이 내 눈앞에 일어나다니!' 옆자리에 앉아 있는 여자분을 보았다. 역시 몸이 불편해 보였다.

"부인이세요?"

장애가 있는 부인도 온몸을 비틀며 힘들게 대답했다.

"에, 에, 에, 에…… 네!"

눈시울이 뜨거워졌다. 인터뷰 준비에 들어가면서 스태프들에게 일일이 당부했다.

"저 사람이 아무리 말을 느리게 해도 카메라를 끄지 마라. 조명이나 마이크도 끄지 마라."

이경규에게도 부탁했다.

"아무리 답답해도 끝까지 들어주라. 말을 끊지도 말고, 말하는 걸 도와주지도 마라!"

이렇게 방송 역사에 길이 남을 인터뷰가 시작됐다.

"네! 아무도 보지 않는 건널목에서 신호를 지킨 양심 주인공과 인터뷰를 해보겠습니다."

그다음, 세상에서 가장 어리석은 질문이 이경규의 입에서 흘러나왔다.

"신호는 왜 지키신 겁니까?"

신호를 지킨 사람에게 왜 지킨 거냐고 물어보다니! 그러나 그 질문은 오히려 현실을 풍자하는 것처럼 보였고, 운전자의 입에서는 우문현답이 흘러나왔다.

"저, 저, 느, 는, 느⋯⋯ 늘, 지, 지켜요!"

'저는 늘 지켜요'라는 단 여섯 마디를 하기 위해 긴 시간이 걸렸고, 스태프 중 어느 누구도 그의 말을 거들어주거나 카메라를 꺾지 않았다. 그리고 그 감동적인 인터뷰는 단 한마디도 편집하지 않고 그대로 방송됐다. 치어리더들이 뿌린 축하의 눈꽃 가루는 우리의 마음속에 포근하게 쌓여갔다. 기적은 첫눈처럼 찾아온다.

자신감과 조바심

"형! 녹화 잘 된 거지?"

이경규가 문 옆에 서 있었다. 집에 가지 않고 방송국으로 돌아온 것이다.

"잘 된 거 아냐?"

"방송 생활 20년 만에 이런 기적은 처음이야. 휴, 정말 정신이 없네."

나도 얼떨떨했지만, 그도 마찬가지인 듯 했다. 잠시 마음을 가라앉히고 떠나려던 이경규가 갑자기 물었다.

"형! 이거 형이 연출한 거 아니지?"

새벽에 장애인 부부의 출현이 얼마나 기적 같았으면 혹시 연출된 상황이 아닐까 의심했을까. '피식' 웃음으로 대신했다.

시간이 없었다. 편집을 할 수 있는 시간은 겨우 이틀. 어떻게 편집을 했는지도 모르게 시간이 흘러갔다. 편집하면서 울고, 또 울었다. 혼자 눈물을 훔치며, 가슴이 벅차올라 숨을 돌려야 했다. 최종 편집실에서도 울다가 웃기를 반복했다. 뿌듯했다. 빨리 방송을 하고 싶어졌다. 이 기분 좋은 방송을 한시라도 빨리 세상에 드러내고 싶었다.

성공에 대한 보상은 확실하게

1996년 11월 3일. 대한민국에 방송 사상 처음으로 '공익적 예능'이 송출되는 순간이었다. 웃음을 기대하고 TV 앞에 앉았던 사람들은 예상치 못한 감동과 메시지에 열광했다. 시청률은 단박에 치솟았다.

사막에서 오아시스를 찾은 듯한 청량감!
이런 프로가 나오다니 놀랍다

시청자들의 찬사는 언론 보도로 이어졌다. 조선, 중앙, 한겨레를 비롯해 거의 모든 일간지가 기사를 쏟아냈다. "한국 방송 이래야 한다", "예능 프로그램의 진화"…… 방송 한 번으로 전국이 들썩거렸다. 방송면 뿐만 아니라 문화면, 심지어는 사설에까지 인용되었다. 중앙일보 사회면은 거의 한 면을 사용했다.

"부끄러운 현실, 몸은 불편해도 규칙을 지키는 사람이 정녕 장애인인가?"

"사장님이 보자고 하십니다."

아침에 출근하자마자 10층 사장실로 올라갔다. 지금은 고인이 되신 이득렬 사장이, 버선발로 뛰어나오듯 나를 맞으셨다.

"고마워, 김 PD! 고마워!"

사장은 가는 곳마다, 만나는 사람마다 칭찬의 소리를 들었다고 했다. 하루 종일 "과연 MBC야, 방송이 이래야지!" 이런 말을 들었으니, MBC 사장으로서 면이 섰음 직하다. 얼마나 기분이 좋았으면 격려금 200만 원을 현찰로 주셨을까. 그리고 얘기하셨다.

"영수증은 필요 없어, 잉?"

집단 지성Collective Intelligence과 집단 감성Collective Emotion

'양심 냉장고'가 전국을 강타하고 모르는 사람이 없게 되었을 즈음, 특별한 것을 해보고 싶었다. 우리나라에서 가장 넓은 도로에서도 정지선을 지킬 수 있을까? 바로 14차로. 녹화 당일 새벽에 옥상에서 내려다보는 청담대로 14차로는 너무 넓었다. 과연 될까? 14대의 차량이 모두 정지선을 지켜야 하는데, 가능해 보이지 않았다.

녹화한 지 한두 시간이 지났을까? 이경규가 녹화하고 있다는 것을 운전자들이 알아채기 시작했다. 택시 기사가 창문을 내리고 옆 차량에게 뒤로 물러나라고 손짓했다. 지나가던 보행자도 정지선을 밟고 있는 차에게 뒤로 들어가라고 손짓하며 길을 건넜다. 온 국민이 합심해서 정지선을 지키려는 모습이 흐뭇한 감동으로 다가왔다. 그 와중에 유명한 택배 회사의 트럭은 뒷길을 돌아서 다시 오고 또 다시 왔다.

"아니, 저 트럭은 아까 지나간 트럭 아닙니까?"

민 교수가 물었다.

"맞습니다. 저 트럭은 양심 냉장고에 눈이 멀었습니다. 기사 아저씨, 그만 돌고 배달 가세요!"

이경규의 코믹 중계에 시청자들은 폭소를 터뜨렸다.

그때, 또 한 번의 기적이 일어났다. 14차로 정지선에 14대의 차량이 일직선으로 멈춘 것이다. 시청자들도 자신의 눈을 의심했다. 14대의 차량이 반듯하게 서 있는 장면은 마치 대한민국 전체가 정지선을 지킨 것 같은 뿌듯한 감동을 선사했다. 이경규가 외쳤다.

"국민 여러분, 기적이 또 일어났습니다. 14대의 차량이 전부 정지선을 지켰습니다!"

우리 사회에는 집단 지성만 있는 게 아니다. 집단 감성도

분명히 있다. 온 국민이 한마음이 되어 14차로 정지선 지키기를 성공시킨 것이다.

"이분들 모두에게 14대의 양심 냉장고를 드립니다!"

공부는 왜 하는가?

아인슈타인이 말하길, 지식의 질과 양으로 치자면 지구상에서 1인자인 사람이 지식보다는 상상이 중요하다고 했다. 지식의 존재 이유가 상상에 있다는 이 말을 나는 '양심 냉장고'의 제작 과정을 겪으면서 어렴풋이 알 수 있었다.

작가들은 상상하기가 힘들었을 것이다. 처음 신호등 얘기를 들었을 때, 무언가가 그려져야 하는데 잘 그려지지 않았을 것이다. 상상의 근거로 삼을 '미리 보기'가 있어야 하는데, '신호등'에는 그 준거가 없었다. 반대로 '미리 보기'가 많은 게임류나 시트콤류는 상상하기 쉬웠을 것이다. 결국 상상하기 힘든 새로운 아이템은 어렵다고 본 것이다.

나는 상상이 어렵지 않았다. 직접 경험했기 때문이다. 새벽 신호등의 스산한 풍경이나, 신호등이 깜박거릴 때의 느낌이나, 지키고 나서의 뿌듯함 등등이 머릿속에 환하게 그려졌다. 경험했으니 얼마나 상상하기가 쉬웠겠는가? 수많은 차들이 신호등을 지키는 그 감동적인 장면을 놓칠 이유가 없었다.

'상상을 할 수 있느냐? 없느냐?' 그것이 성패를 좌우한다. 지식 쌓기에 바빠서 무엇을 위한 지식인지는 생각조차 할 수 없는 교육방식은 쓰레기통으로 가야 한다. 지식을 바탕으로 새로운 생각을 하고, 기발한 상상을 해야만 각광을 받는 시대가 아닌가? 모든 지식은 '상상'하기 위해 존재한다는 사실을 잊지 말자! 우리가 배우는 목적은 '상상하기 위해서'이다.

대박 상대성 이론

상상은 창의의 출발이다. 상상으로부터 얻어낸 것은 반대가 심할 수밖에 없다. 새로운 것이니 그렇다. 반대를 이겨내려면 설득하고, 물러섰다가 다시 설득하고 기다리는 시간이 필요하다. 그 과정에서 가장 필요한 것이 인내일 것이다. 양심 냉장고 첫 촬영 날, 나는 끝까지 포기하지 않고 기다리는 인내를 발휘했다. 우리 모두를 감동시킨 장애인 주인공이 나타날 줄 그 누가 알았겠는가? 우리가 실패하는 99%의 이유는 마지막 순간에 포기하기 때문이다.

'대박 상대성 이론'은 내가 만들어 낸 이론이다. 반대가 심하면 심할수록 대박 날 확률이 높아진다는 상대성 이론이다.

대박 확률 = @ × 반대 강도(@=인내)

인내 상수(@)가 일정할 때, 대박 날 확률은 반대의 강도에 비례한다. 혹시, 어떤 프로젝트를 진행하면서 주변의 반대가 심하다면, 이 이론을 떠올리시라.

'어, 이 프로젝트 대박 나겠는걸?'

1996년 11월에 시작한 '이경규가 간다-양심 냉장고'는 당시 우리나라 교통 질서의식을 고취시켰고, 실제로 '양심 냉장고' 첫 방송 후 3개월 만에 교통사고율이 15% 줄었다는 통계가 나오기도 했다. 교통문화 및 질서의식을 고취한 공로로 대통령 표창, 국무총리 표창, 건설교통부 장관상, 서울지검장상, ABU(아시아태평양 방송연맹) 특별상, 골든 로즈 본상 등 국내외로부터 20여 개의 상을 받았다.

칭찬이라는 신드롬

IMF로 전 국민의 어려움이 극에 달했던 때, '칭찬으로 서로에게 힘이 되자!'는 모토를 정하고 <칭찬합시다!>를 만들었다. 아니나 다를까 시청자들은 칭찬에 호응했고, 그들의 열렬한 응원은 '칭찬 신드롬'이라는 사회 현상까지 만들어냈다. LG전자는 사내 '칭찬 릴레이'를 시작했고, 에버랜드는 '칭찬 운동'을, 쌍용그룹은 '칭찬의 날'을 제정했다. 진주시를 비롯해 전국 20여 개 지자체에서 일제히 칭찬 운동을 시작할 정도였으니, <칭찬합시다!>가 우리 사회에 칭찬의 새바람을 일으킨 것은 확실했다. 그 <칭찬합시다!>가 MBC의 것 아닌가?! 1999년 1월 1일, 출근하다가 깜짝 놀랐다. MBC 건물에 엄청난 크기의 플래카드가 걸려있었기 때문이다.

"연중 캠페인, 칭찬합시다!"

세상은 넓고 배울 것은 많다.

"6개월만 쉬겠습니다."

'양심 냉장고'의 인기가 한창이던 1997년, 나는 국장에게 좀 쉬게 해 달라고 사정했다. 당시는 IMF로 정리해고 열풍이 불던 때였으니, 국장도 기가 막혔을 것이다.

"재충전하고 돌아와서, 새 프로그램 대박 내겠습니다."

일본 연수를 다녀와 기여한 공도 있고, '양심 냉장고'를 대박 낸 공도 있으니, 국장은 힘들게 입을 뗐다.

"3개월만 다녀와."

아이고, 감사합니다. 혈혈단신 배낭을 챙겨 유럽으로 떠났다.

세월의 흔적이랄까? 유럽의 색깔이 나를 사로잡았다. 에든 버러역 앞의 그을린 첨탑, 하이델베르그 언덕 위 붉은 지붕들, 알람브라 궁전의 이슬람 문양을 보면서 난생처음 문화적 충격에 빠졌다. 기차를 타고, 버스를 타고, 정신없이 다녔다. 선진 사회의 안정된 시스템에 놀랐고, 여유 있는 그들의 모습이 부러웠다. 우리와 비교되는 그들의 모습을 보면 탄식과 한숨이 교차했다. 돌아가면 어떤 프로그램을 만들지? 언뜻언뜻 떠오르는 부담감을 의도적으로 떨쳐버리고, 유럽이 내게 주는 선물 같은 시간에 집중했다.

칭찬이라는 마술

유럽에서 돌아왔을 때, 당시 언론은 IMF를 극복하기 위해 총력을 기울이고 있었다. 실업 기금을 모은다, 노숙자를 지원한다, 결식아동 돕기를 한다고 모두가 팔을 걷어붙이고 있을 때, 나는 조금 다른 생각을 했다. 돈으로 과연 얼마만큼의 힘을 얻을 수 있을까? 좀 더 근본적인 해결책은 없을까? 국민을 위로하고 격려하는 방법이 있지 않을까? 있었다. '칭찬'이라는 마술이었다.

스태프들에게 무엇이든 칭찬을 해보라고 했다. 역시 칭찬하는 것이 어색했다. 하지만 몇 번 되풀이하다 보니 점점 나아졌다. 우리는 칭찬받고 칭찬하는 것에 익숙하지 않은 것뿐이었다. 자, 시계방향으로 순서대로 돌아가 보자! 한 바퀴 도는 데 몇 분 걸리지 않았다. 이번엔 시계 반대 방향으로, 서너 번 돌아가니 처음보다 훨씬 자연스럽게 돌아갔다. 릴레이. 그래, 릴레이로 칭찬을 하자! 제목을 〈칭찬합시다!〉로 정하고 '칭찬 릴레이'라는 기발한 장치를 만들었다. 새로운 시도를 거침없이 해나갔다.

김국진, 김용만에게 개량 한복을 입혔다. '예능 프로그램에서 한복은 금물'이라는 고정관념을 깬 새로운 시도였다. 아울러 즐거운 칭찬길을 더 흥겹게 만들기 위해 풍물패도 불렀다. '예능에서 국악은 금기'라는 고정관념도 깬 것이다. 그리고 릴레이의 즉흥성을 십분 이용했다. MC들은 다음 칭찬 주인공이 어디에 사는 사람인지 전혀 몰랐다. 나와 김경화 작가, 극소수 제작진 외에는 아무도 모르게 했다. 그러자 MC들은 이동 거리에 민감해졌다. 서울에 있는 칭찬 주인공이 대구 사람을 칭찬하면 대구로 이동해야 하니 미칠 노릇이었다. 실제로 울산의 칭찬 주인공이 독도 수비대를 칭찬하자, 오, 마이 갓! MC들은 기절초풍했다.

"나, 헬기 타기 싫어요!"

"그럼 당신은 헤엄쳐서 와!"

그들의 솔직한 대화는 폭소를 선사하며, 시청자들에게 인간적으로 다가갔다.

전국 어디든 칭찬 트럭을 타고 다니며 칭찬 선물을 드렸다. 혹여 트럭이 이동하기에 너무 먼 거리일 경우에는, '미니어처 트럭'을 만들어 손에 들고 다녔다. 트럭 뒤에는 1, 2, 3, 4, 5번 칸막이를 설치하여 칭찬 선물을 뽑게 했다. 애석하게도 어려운 형편의 칭찬 주인공이 필요한 선물을 받지 못하면, 시청자의 항의가 빗발쳤다. 이제야 말하지만 사실, 방송이 끝나고 살짝 바꿔주기도 했었다.

'칭찬'은 과연 '마술'이었다. 환경미화원, 노신사 웨이터, 주부 자원봉사자 등 칭찬 주인공들이 착실히 이어지자, 시청자들의 칭찬은 프로그램에도 쏟아졌다. 그해 〈칭찬합시다!〉는 거의 모든 시상식을 휩쓸었다. 사실 고백하건데, 나는 대한민국에 훌륭한 사람들이 이렇게 많은 줄 몰랐다. 묵묵히 자신을 희생하며 주위를 돌보는 사람들이 이렇게 많다니! 우리 사회를 지탱해주는 것은 정치인도 기업인도 대학교수도 아니었다. 이런 분들이야말로 우리 대한민국을 든든히 받치고 있는 숨은 보석들이었다.

인간은 왜 아름다운가?

울보 경찰. 106번째 칭찬 주인공은 한 파출소의 경장이었다. 정작 자신은 돈이 없어 신혼여행도 못 간 사람이, 빈 병을 주워 불우이웃을 돕는 경찰이었다. 몸집에 어울리지 않게 촬영 내내 노란 손수건을 꺼내 눈물을 닦고, 다시 울고 닦고를 되풀이했다. 화면 속 거구가 울면 웃기기도 하고 슬프기도 하고, 밤새 편집하면서 나도 울보가 됐다.

중증 장애인이었던 한 칭찬 주인공은 자신이 가장 슬펐던 얘기를 했다. 사촌 형의 혼사를 앞두고 식장에 입고 갈 양복을 준비하고 있는데 이모한테 전화가 걸려왔다. "너는 결혼식장에 오지 않아도 돼." 가슴이 먹먹해졌다. 에둘러 얘기했지만, 장애인 친척이 있다는 사실을 주변에 알리고 싶지 않았기 때문이다. 이것이 우리 사회가 장애인을 바라보는 모습이었다. "너는 오지 마." 칭찬 주인공의 일그러진 얼굴에서 나오는 말이 귓가를 떠나지 않았다. '너는 오지 마.' 이들에게 조금이라도 힘이 되고 싶어 밤을 새워 편집했다.

PD는 좋은 점이 있다. 편집 권한이 있다는 것이다. 편집은 고통스러운 과정이지만, 세상과 소통하며 세상을 배우는 과정이기도 하다. 〈칭찬합시다!〉 편집실에서 나는 밤새 울고 웃으며 매주 세상을 배우고 알아갔다. '인간은 왜 아름다운가?'의 답을 얻었으며, 인간에 대한 믿음을 얻었다. 그러면서 〈칭찬합시다!〉와 함께 나는 조금씩 성장하고 있었다. 자신이 하는 일과 함께 성장할 수 있다는 것은 축복이다.

모든 일에는
때가 있다.

똑같은 것도
그때는 안되고
이 때는 된다,

때가 아니라면
아무리 용을 써도
이루어지지 않는다.

"인생은 타이밍이다."

진짜 대통령이 출연했다

예능 PD를 하면서 내게는 한 가지 목표가 있었다. 예능의 위상을 한 단계 끌어 올리는 것이었다. 그 일환으로 예능에 잘 나오지 않았던 변호사, 의사, 유명 인사를 캐스팅했다. 당시에는 파격적인 일이었다. 캐스팅된 인사 중에는 실제로 국회의원이나 장관이 된 사람도 있다. <21세기 위원회>라는 예능 프로그램 MC를 아나운서 정은아에게 맡긴 것도 당시는 쇼킹했다. 김국진, 김용만의 너스레에 그녀가 하얀 이를 드러내고 활짝 웃는 모습은 광고주들을 매료시켰다. 그리고, 정말로 방송 4주 만에 정은아는 치약 CF를 찍었다.

<칭찬합시다!>가 장안의 화제가 될 무렵, 김대중 대통령께 출연을 부탁드렸다. 대통령이 출연해준다면 예능의 위상은 완전히 달라질 것이다. 나는 김대중 총재 시절 '청와대 들어가시면 밥 한번 사달라'는 부탁을 드린 적이 있다. 혹시 약속을 잊으셨을 수도 있지만, 일단 '칭찬 주인공들

과의 오찬'을 제안해 놓고 기다렸다. 청와대로부터 1주일 만에 답이 돌아왔다. 승낙이었다. 대통령께서 약속을 잊지 않으신 것이다.

청와대 영빈관에 차려진 정성스러운 음식들을 먹으며, 김대중 대통령 내외와 격의 없는 대화를 나눴다.

"세계 어디에서나 방송은 사회의 어두운 면만 비추는 경향이 있는데, <칭찬합시다!>는 오히려 그 반대지요."

대통령도 칭찬한 프로그램이 된 덕분에 프로그램은 다시 한번 세간의 이목을 집중시켰다. 나는 한술 더 떠서, 대통령께 <21세기 위원회> 2시간 특집에 출연해 달라고 부탁드렸다. 놀랍게도 대통령은 승낙했고, 대한민국 최초로 예능 프로그램에 대통령 부부가 정식으로 출연하는 쾌거를 달성했다. 녹화 당일, 김국진, 김용만의 긴장하는 모습에 비해, 대통령은 여유 있는 모습이었다. 마치 오랜 친구인 것처럼 연예인들과 스스럼없이 어울렸다.

"요즘 청소년들이 어른에 대한 공경심이 없는 것 같은데요, 대통령님은 어떻게 진단하십니까?"

딱딱한 질문을 받은 대통령은 부드럽게 대답했다.

"내가 어렸을 때도 요즘 애들 버릇없다는 얘기 많이 들었어요, 허허허."

화기애애하게 2시간이 흘러갔다. 다음날, 다양한 기사 제목 중, 내 목적에 딱 맞는 헤드라인이 있었다.

"예능 프로그램에 '진짜 대통령 부부'가 나왔다!"

비로소 예능의 위상이 달라지고 있었다.

티끌은 모아서 태산이 될까?

〈칭찬합시다!〉를 시작한 지 3개월쯤 되었을 때, 편지 한 통이 날아왔다. 한 노숙자가 보낸 편지였다. 열어보니 봉투 안에는 꼬깃꼬깃한 5천 원짜리 지폐가 들어있었다. 이게 뭐지? 공공근로작업을 해서 받은 일당 5천 원을 전부 보내니, 칭찬 주인공을 위해 써달라는 것이었다. 뭉클했다. 사연을 읽어 내려가는 김용만의 목소리도 감동으로 떨렸다. 이 방송이 나가자 〈칭찬합시다!〉에는 정말 놀라운 일이 벌어졌다.

하루에 20~30여 통씩, 편지가 쇄도했다. 일주일이면 2백여 통의 편지가 사무실에 쌓였다. 더 놀라운 것은 모든 편지에 돈이 들었다는 것이었다. 유치원 코흘리개의 동전부터 200만 원짜리 수표에 이르기까지, 금액만큼 사연도 다양했다. 바자회 수익금, 군인 월급, 세뱃돈 등 감동은 커져만 갔다. 뉴욕에서, 독일에서, 일본에서 1,000달러, 200유로, 10만 엔이 들어 있는 국제우편이 날아들었다. 편지가 쌓여가는 만큼 성금도 쌓여갔다. 어느새 천만 원을 훌쩍 넘겼다. 티끌 모아 태산. 이 엄청난 돈을 어떻게 써야 할까? 고민이 시작됐다.

두 시간 만에 5억 원 벌기

그날, 돈 봉투가 가득 든 007가방을 들고 김용만이 길을 떠났다. 그동안 만났던 칭찬 주인공들에게 100만 원씩 전달하기 위해서다. 다시 만난 칭찬 주인공들과 부둥켜안고 기뻐하다가 김용만이 불쑥 봉투를 내밀자 다들 놀라 까무러쳤다. 100만 원이라는 돈은 겨울을 맞이한 그들에게 기적 같은 것이었다. 그들은 눈물을 흘리며 고마워했다.

"나는 대통령보다 행복한 사람이네요, 이렇게 모두가 함께 해주니."

충주 보육원의 여자 주인공은 우리를 다시 만나자 쑥스러운 듯 웃었다.

"여기까지 웬일이세요?"

"그동안 잘 지내셨죠?"

김용만이 몇 마디 나누다가 갑자기 봉투를 내밀었다.

"이게 뭐예요?"

그녀는 정말 궁금한 표정이었다.

"봉투 열어보세요."

김용만이 설명했다.

"시청자들이 모아준 성금입니다. 100만 원이에요."

"헉!"

얼마나 놀랐으면, 정말로 그녀는 헉 소리를 냈다. 그리고는 소리 없는 울음을 터뜨렸다. 100만 원짜리 봉투를 끌어안으며 하염없이 눈물을 흘렸다.

"보일러 기름이 떨어졌는데…… 이제 우리 식구들 겨울 날 걱정이 없어졌네요, 감사합니다, 감사합니다."

고개를 들지 못한 채, 감사하다는 소리를 수십 번 되뇌었다. 김용만이 참던 눈물을 터뜨렸다. 스태프들도 눈물을 참을 수 없었다.

"나는 언제까지 이렇게 받고만 살아야 하나요? 흑흑흑……."

그녀가 다시 오열했다. 김용만도 따라서 오열했다. 소리를 내며 우는 김용만 덕에 녹화를 잠시 중단해야 했다. 그때 나는 돈 100만 원의 가치가 무한팽창하는 공간에 들어가 있었다.

1998년 12월, 이런 감동적인 모습들은 생방송으로 시청자들에게 그대로 전달됐다. 시청률이 올라가는 소리가 들렸다. 화면 오른쪽 상단에 뜬 모금 액수가 쉴 새 없이 돌아갔다. 놀라지 마시라. 〈창사 특집, 칭찬합시다!〉는 ARS를 이용한 모금 방송 사상 '시간 대비 최고 액수'라는 기록을 수립했다. 방송 2시간 만에 5억 6천만 원이라는 어마어마한 성금이 모인 것이다. 겨울이 지나고 따뜻한 봄바람이 불어오자, 우리는 다시 한번 칭찬 주인공들 중 도움이 필요한 분들에게 이 성금을 나누어 드렸다. 이번엔 천만 원씩이었다.

바다는 소리만 들어도 좋다

〈칭찬합시다!〉의 AS는 칭찬이 자자했다. 칭찬 성금을 나누어 주는 것 말고도 세심한 신경을 기울였다. 에버랜드에 못 가본 칭찬 주인공을 위해서는 장애인 시설의 식구들과 함께 에버랜드에 보내드렸다.

"태어나서 한 번도 바다를 본 적이 없어요."

나를 한없이 울게 만들었던, 침을 흘리며 어렵게 얘기했던 주인공을 위해서는 시설 식구들 전부를 대한항공의 협조를 받아 제주도로 데려가기도 했다. 앞을 볼 수 없는 이들도 얼굴을 스치는 바닷바람을 즐겼다. 바다에 와 있다는 사실만으로도 그들은 행복해 했다.

시청자들도 당연히 한몫했다. 칭찬 주인공의 어려운 사연이 방송되면 금세 후원자가 100명이 넘었고, 장애인 시설이 홍수로 붕괴되었다고 하면 익명의 목수가 와서 고쳐주고 사라졌다. 보일러가 필요한 곳에는 누군가 어김없이 보일러를 놓아주고 갔다. 우리는 칭찬에 인색한 것이 아니라 익숙하지 않은 것뿐이었다. '칭찬'이라는 '바이러스'가 우리 사회를 강타했고, '칭찬 신드롬'이 되어 대한민국을 덮어 버렸다.

PD에서 졸지에 사회운동가가 된 나는 상복이 터졌다. PD로서 가장 영광스러운 상을 받기도 했다. 99년도 방송 대상에서 '올해의 프로그램상' 수상의 영예를 안은 것이다. 드라마나 다큐멘터리가 아닌 예능 프로가 올해의 프로그램상을 받는 새로운 기록을 세웠다. 나는 생방송 무대에 올라 수상소감을 얘기했다.

"우리에겐 희망이 있습니다."

'쌀집 아저씨'를
칭찬합니다

98년 4월 20일 첫방송 이후 1년 4개월이 되어가는 지금까지 「칭찬합시다」는 참 많은 상을 받았다. 문화관광부 장관상, 프로듀서 MC 부문, 제15회 언론인클럽 언론상, 제35회 백상예술대상 TV부문 작품상, 그리고 한국방송대상까지…, '상'이야기로 시작한 이 글을 통해 「칭찬합시다」를 기획·연출하고 있는 '쌀집 아저씨' 김영희 PD에게 아주 개인적인 상 몇 가지를 더 안겨줄까 한다.

1. 개근상

「칭찬합시다」 촬영팀은 약 20명 정도다. 그 중 고정은 PD, 연기자, FD, 작가 정도인데, 현재 몸상태를 이유로 방송을 쉬고 있는 김국진은 장기 결석중이고, 촬영중 다리를 다쳤던 김용만도 잠시 결석을… FD는 예비군 훈련 때문에 결석을… 작가는 이런저런 핑계를 대고 결석을… 김영희 PD는 「칭찬합시다」 첫회 촬영부터 지금까지 하루도 빠지지 않고 현장에서 모든 칭찬 주인공을 직접 만난 유일한 사람이다. 학창 시절 그 어떤 상보다도 개근상이 가장 훌륭하고 받기 어려운 상이라고는 말하지 않는가? 그런 개근상을 김영희 PD는 「칭찬합시다」에서 확보해놓고 있다.

2. 체력상 + 팀워크유도상

「칭찬합시다」와 「21세기 위원회」 스태프들 중 김영희 PD

만 유일하게 풀 가동이다. 화요일은 밤을 새워 「칭찬합시다」 완제를 하고 목요일은 「칭찬합시다」 ENG 촬영과 촬영이 끝나면 밤을 새워 가편집을, 월·화·수·금·토요일은 동시에 「21세기 위원회」, 「칭찬합시다」 회의를 한다. 일요일엔 「칭찬합시다」, 「21세기 위원회」 스튜디오 녹화가 있고, 녹화 후에는 비가 오나 눈이 오나 바람이 부나 고수부지에 나가 전남자 스태프들과 연기자가 축구를 한다. 불혹의 나이, 최고령 선수로 그라운드를 누비지만 '믿거나 말거나' 팀 최고의 골게터라고 한다.

프로그램이 둘로 나뉘기 전까지는 틈틈이 4층 옥상에서 축구를 하다가 C스튜디오에서 녹화중인 프로그램으로부터 항의를 받으면 고수부지로 이동해 그 깜깜한 밤에 자동차 몇 대의 라이트를 조명삼아 축구를 하기도 한다. 그러더니 이제는 본격적으로 유니폼과 축구화까지 맞춰 신고 그라운드로 향한다. 정말 축구를 좋아해서겠지만, 촬영날 이동하는 버스 안에서 김국진, 김용만을 비롯한 스태프들과 재미있게 나누는 축구 이야기를 들으면서 느낀 것은 축구가 팀워크에 크게 기여한다는 것이었다. 축구뿐인가? 1년 4개월 동안 프로그램을 하면서 MT를 4번이나 간 팀이 또 있을까? 김영희 PD는 MT마다 적극적으로 나서 팀 모두를 즐겁게 해준다. 에버랜드에 갔을 때 너무나 무서운 놀이기구를 가장 많이 탄 사람이 바로 김영희 PD이다. 분위기를 위해 무서움도 참고 똑같은 기구를 3번까지 타는 것을 봤다. 회식을 할 때도 20명이 넘는 스태프 개인 개인에게 술을 권하고, 술을 받고, 가장 즐겁게 제일 많이 마셔주는 사람이기도 하다. 체력상과 팀워크유도상을 받는 김영희 PD는 말로만 '서로 잘 지내고, 열심히 하자'가 아니라 함께 그라운드를 뛰고, 밥도 사주고, 술도 사주는… 말보다 실천이 효과가 크다는 것을 깨닫게 하는 사람이다.

3. 주문상 + 꼼꼼상

김영희 PD는 「칭찬합시다」는 대본이 없다고 말하곤 한다. 그래서 한 번씩 팀에서 내가 하는 일은 무엇인가? 고민하게

출처: 1999년 8월 MBC 사보

나는 항상 새로운 것을
찾아다닌다

"재미있지 않은 것은 프로그램이 아니다."

후지 TV의 사옥에 걸려있던 캐치프레이즈는 나를 충격에 빠뜨렸다. 일본 굴지의 1위 방송사가 추구하는 것이 재미라니? 그렇다면 '재미있는 프로는 어떤 것인가?' 내 머리는 복잡해졌다.

재미있는 것은 항상 새롭다. 사람들은 새로운 것을 가장 재밌어한다. 그것을 깨달은 후, 나는 새로운 것이 아니면 만들지 않으려고 했다. 그사이 내가 만든 몇 개의 프로그램이 성공하자 많은 사람들이 나에게 물었다. 그런 창의적인 아이디어는 어떻게 얻는가? 솔직히 말하자면 나도 모른다. 끊임없는 상상일 수도, 강한 집중력일 수도 있지만, 정확히 잘 모르겠다. 하지만 이런 말은 해줄 수 있다.

"나는 항상 새로운 것을 찾아다닌다."

홈런 타자의 귀환

〈칭찬합시다!〉가 최정상 궤도에 접어들 무렵, 나는 1년간 영국 연수를 떠났다. 일본 연수에 이은 소중한 기회였다. 그동안 가족과 함께하지 못한 시간을 만회하기 위해, 영국의 시골 마을에서 아이들과 집사람을 위해 최선을 다했다. 아름다운 바닷가 소도시에서 보낸 1년은 화살처럼 지나갔다. 한국으로 돌아올 무렵이 되자 내 마음은 다시 묵직해졌다. 또 어떤 프로그램을 만들어야 하나? 언론의 기대가 부담감을 키웠다. '양심 냉장고'와 〈칭찬합시다!〉를 연이어 대박 냈으니, 다음 프로그램에 대한 언론의 관심은 당연했다. 언론은 그 기대

감을 기사로 쓰기 시작했다. 그 당시 나를 가장 당혹스럽게
한 기사의 제목에는 황제라는 단어가 사용되었다.

황제의 귀환!

황제라니? 극도의 부담을 이겨내고 마침내 만든 프로그램
이 바로 〈!느낌표〉다. '양심 냉장고', 〈칭찬합시다!〉에 이어
〈!느낌표〉까지. 3연타석 홈런이었다.

물음표를 느낌표로 만들다

영국에서 돌아왔다. 재미도 있고, 의미도 있는, 정말 새로
운 프로그램을 만들고 싶었다. 그동안 코너에서의 시도는 있
었지만, 아예 '공익 버라이어티'라는 신조어를 만들어 장르를
파괴할 생각이었다. 당시에는 '버라이어티 예능이 재미만 있
으면 되지, 공익적일 수 있어?' 하는 것이 일반적인 정서인 데
다가, 가르치려 드는 것을 싫어하는 우리 시청자들을 향한 일
종의 모험이었다. 성공할 수 있을까?
놀랍게도 시청자들의 거부감은 그렇게 크지 않았다. 오히

려 '공익 버라이어티'라는 새로운 장르에 대한 기대는 점점 커졌다. 내부적으로도 전사적 지원을 받아 두 시간짜리 와이드 프로를 편성 받았다. 그것도 토요일 밤! 그러나 주말 황금 시간대는 항상 전투 환경이 좋지 않다. 시청률 25%의 KBS 드라마 〈용의 눈물〉이 나를 기다리고 있었다.

흑산도의 조그만 민박집에서 첫 기획 회의를 했다.

"아이템을 찾지 못하면 저 바다에 빠져 죽자."

여운혁 PD, 김경화 작가 등 내로라하는 8명의 기획팀이 전력을 다했지만, 안타깝게도 아이디어라는 것이 의욕만으로 나오는 것은 아니다. 1주일을 그냥 흘려 버리고 서울에 돌아와서도 회의가 계속됐다. 아이템의 윤곽들이 드러나자 프로그램의 제목이 필요했다.

사실, 나는 '문장부호'를 제목으로 쓸 요량이었다. 영국에서부터 생각해 온 것이다. 특히 'Exclamation mark, 느낌표!', 나에게는 문장부호 중 느낌표가 가장 강렬하다.

"느낌표! 어때?"

내가 운을 떼자 김경화 작가가 테이블을 치며 좋아했다. 정말 새롭고 의미 있는 제목이라는 것이다. 그러나 신선한 만큼 생소했다. 어쩐지 어색했다. 그러나 나는 '어색하지 않다면 새로운 것이 아니라는 것'을 잘 알고 있었다. '!느낌표', 막상 써놓고 들여다보니 글자 모양마저도 예뻤다. 며칠 후 반짝반짝 신선한 느낌표 로고가 나왔다. 아주 잘 될 거라는 느낌이 들었다.

섭외를 위한 승부수

'가장 잘나가는 개그맨 5명을 몽땅 캐스팅하겠다.'

다들 개인적으로 친분이 두터운 사이라 별 어려움이 없을 거라고 생각했다. 오판이었다. 영국을 다녀온 1년 사이 세상이 달라져 있었다. '스타 파워'가 '방송사 파워'를 크게 앞지른 상황. 전화 한 통씩이면 끝날 줄 알았는데 거의 한 달을 끌었다. 어쨌든 김용만, 유재석, 이경규, 박경림 등 4명의 MC가 확정되었다. 청소년 코너의 MC만 남았다. 당시 젊은 층에게 인기가 있었던 신동엽이 딱 제격이었지만 본인이 고사했다. 나와 친한 건 친한 거고, 이번에는 못하겠다는 것이다. 수 차례 만나 직접 설득했지만 대답은 부정적이었다.

녹화 1주일 전, 마지막 승부수를 던졌다. 프로그램에 관한 이야기는 절대 하지 않겠다는 약속을 하고 여의도에서 신동엽을 만나 삼겹살에 소주를 곁들였다. 소주병이 쌓여 갔다. 주당으로 소문난 신동엽이지만 술에는 장사가 없는 법. 기회가 왔다.

"동엽아! 이번 한 번만 하자. 우리 청소년들에게 정말 필요한 프로야."

"아이, 형! 방송 얘기 안 하기로 했잖아?"

"아, 그렇지? 미안."

다른 얘기로 시간을 좀 끌다가 슬쩍 다시 말을 꺼냈다.

"동엽아, 술 더 취하기 전에 한마디만 할게. 너 아니면 정말 안 돼!"

"이 형, 참 끈질기네."

"진짜야, 동엽아. 너 안 하면 나도 안 할 거야."

"에이, 형. 그러지 마."

실제로 신동엽이 MC를 안 하면 그 코너는 접을 생각이었다. PD가 이렇게까지 얘기하면 연예인들도 기분이 좋게 마련이다. 거기에 방송으로 공익적인 일을 할 수 있다는 집요한 설득을 더하자 드디어 그가 마음을 열었다.

"아이참, 이번 한 번만이야, 형!"

됐다! 술 취한 우리는 의기투합했다.

나중에 안 사실이지만 그 자리에서 우리 둘은 소주 11병을 마셨다. 불려 나온 후배 임정아 PD(황금어장, 비정상회담 등)가

몸도 제대로 못 가누는 우리 둘을 집에 보내고 계산까지 했다고 한다. 그러니 아무리 술 잘 마시는 신동엽이라도 아침에 일어나 간밤의 결정을 후회했을지도 모른다. 어쨌든 신동엽과 나는 〈!느낌표〉 청소년 코너를 멋지게 성공시켰다.

의미도 있고, 재미도 있게

〈!느낌표〉의 위력은 대단했다. 당시에는 생소했던 예능 '쇼케이스'에 거의 모든 연예부 기자들이 참석했다. 이경규, 신동엽, 김용만, 유재석, 박경림 등 '예능 빅5'에 대한 기사가 언론을 도배했다. 관심이 점점 커질 무렵, 드디어 〈!느낌표〉가 베일을 벗었다. 결과는 핵폭탄급이었다. 25%를 넘던 〈용의 눈물〉의 시청률이 〈!느낌표〉 첫 방송 후 19%로 떨어졌고, 네 번째 방송 만에 〈!느낌표〉 시청률이 〈용의 눈물〉을 앞선 것이다. 그 후 1~2%의 차이로 엎치락뒤치락 경쟁을 이어가다가, 〈용의 눈물〉 종영 후에는 〈!느낌표〉가 독보적인 지위를 6년간 유지했다. 의미 있는 프로가 재미도 있는 법이니까!

성공이란
만루홈런을
치는 것이 아니야.

타석에 들어서는 것
그 자체로
성공인거야.

주저하는 호랑이는
찌르는 벌보다 못하다

"예능에서 독서를 하겠다고?"

책 프로그램을 하겠다고 보고했을 때 국장의 첫 반응이었다. 기껏 프라임 타임(prime time, 시청률이나 청취율이 가장 높아 광고비도 가장 비싼 방송 시간대. 골든 타임, 피크 타임으로도 부름-편집자 주)에 편성을 해줬더니, 어떻게 경쟁력 없는 독서 프로 따위를 하겠다고 할 수가 있냐는 뜻이었다. 나는 자신 있다고 했다. 기존의 따분한 책 소개 프로가 아니다, MC가 김용만, 유재석이다, 어려운 책을 개그맨들이 쉽게 다루니 얼마나 재밌겠느냐, 예능 최초 아니냐, '양심 냉장고'나 <칭찬합시다!>보다 더 자신 있다고 설득했다.

"해보지도 않고 그만둘 수는 없습니다. 기회를 주십시오."

"시청률은?"

국장으로선 믿어보는 수밖에 없었을 것이다.

"두 자릿수를 자신합니다."

실제로 나는 자신 있었고, 국장은 그 패기를 받아들였다.

"잘 해!"

나는 주저 없이 제작에 착수했다. 그리고 예능에서 만든 독서 프로그램은 모두의 예상을 뛰어넘어 엄청난 성공을 거두었다. 주저하는 호랑이는 찌르는 벌보다 못하다.

로또 당첨

2001년 〈!느낌표〉 첫 방송 후, 각계각층의 반응은 칭찬 일변도였다. 그중 '책책책, 책을 읽읍시다!'에 대한 칭찬이 가장 뜨거웠다. 매달 한 권의 책을 선정해서 길거리 인터뷰를 진행하는 간단한 포맷이었지만 김용만, 유재석의 인터뷰 솜씨가 빛을 발했다. 거리의 시민들은 자신들과 별반 다르지 않은 MC들과 거리낌 없이 인터뷰했고, 점차 청소년들이 책을 재미있게 생각하기 시작했다. 길거리 인터뷰는 회를 거듭할수록 점점 재밌어졌고, 시청률은 치솟았다. 출판계는 환호했다. 그러나 '책을 읽읍시다!'가 이렇게 국민적 인기를 누릴 줄은 정말 아무도 예상하지 못했다.

배짱이 필요할 때가 있다

'책을 읽읍시다!'의 첫 번째 도서를 선정했다. 어른들을 위한 동화《괭이부리말 아이들》(김중미 저, 송진헌 그림, 창비)이었다. 출판사인 '창작과비평'사(현 '창비') 사장을 방송국으로 모셨다. 아직 방송하기 전이니 '책을 읽읍시다!'가 어떤 코너인지 설명해야 했다. 한 권의 책을 선정해서 한 달 동안 이 책을 읽어 보자고 하는 코너이다, 김용만, 유재석이 재밌게 만들 것이고 시청자들은 이 책을 읽고 싶어 할 것이다, 그러니 첫 방송 나가기 전에 책을 많이 찍어 놔야 한다고 요청했다.

"좋은 방송 만들어 주셔서 감사합니다. 몇 부나 인쇄해놓을까요?"

유난히 조심스러운 사장의 질문에 나는 대략 생각해온 수치를 얘기했다.

"20만 부는 인쇄해 놓아야 하지 않겠습니까?"

"네에?"

그는 화들짝 놀라며 어이없다는 표정을 지었다.

"김 PD님, 너무 모르시네."

당시 출판계는 유사 이래 가장 불황이었고, 베스트셀러라는 책도 1~2만 부 팔리는 현실인데, 20만 부는 어불성설이라는 것이다. 결국 나는 물러설 수밖에 없었다.

"그럼 10만 부만 인쇄해주세요."

"10만 부'만'요? 10만 부가 다 안 팔리면요?"

그는 여전히 말도 안 된다는 표정이었지만 나는 10만 부쯤은 다 팔릴 것이라고 확신했다.

"틀림없이 다 팔릴 겁니다."

"그래요? 그럼 확인서를 써줄 수 있습니까?"

나로서는 좀 황당했지만, 출판사의 입장에서는 당연한 요구였을 것이다.

"알겠습니다. 혹시 10만 부가 다 팔리지 않을 경우, MBC에서 나머지 책들을 사주기로 하겠습니다."

나는 그 자리에서 자필로 확인서를 써주었다. 그런데 솔직히 말하자면, 확인서는 예능국장 명의였다. 사인은 내가 대신했지만 이 사실을 국장에게는 보고하지 않았다. 일단 가 보자!

인쇄소도 바쁘게 돌아가기 시작했다. 인쇄소 직원들은 영문도 모르고 《괭이부리말 아이들》을 밤새 찍어냈다. 서점 직원들은 왜 이 책이 이렇게 많이 들어오는지, 왜 매대 전면에 가득 책이 배치되는지 의아해했다. '책을 읽읍시다'의 자문위원도 당황한 나머지 전화가 왔다.

"정말 이렇게 많이 깔아도 되는 거예요?"

"괜찮습니다. 방송의 힘을 한번 믿어보시죠."

나는 방송이 나가고 나면 반드시 20~30만 부는 팔릴 것이라고 확신했다. 혹시 10만 부가 채 팔리지 않으면 나머지는 MBC가 사서 전국 도서관에 기부하면 된다고 편하게 마음먹었다.

방송이 임박할수록 서점가와 출판계의 우려는 점점 커졌다. 하지만 나는 이미 공익 프로그램을 크게 성공시킨 경험이 있었다. 적어도 20만 부는 팔릴 것이라고 확신했다.

"아무리 안 팔려도 10만 부는 팔릴 거야. 걱정하지 마."

한동안 주위의 스태프들을 안심시키며 다녔다. 그러나 첫 방송이 나간 후 상황은 크게 달라졌다. 내 예측이 완전히 빗나간 것이다.

《괭이부리말 아이들》은 10만 부가 팔리지 않았다. 단숨에 100만 부를 돌파했다.

기적의 도서관

〈!느낌표〉는 출판 경제에 직접적인 영향을 미쳤다. 삼성 경제연구소가 2002년 '10대 히트 상품'으로 〈!느낌표〉를 선정했을 정도로 경제적 파급 효과는 대단했다. 이런 경제적 효과는 엄청난 판매수익금으로 나타났다. '책을 읽읍시다!'에 선정된 도서는 방송 후 한 달간의 수익(인세 제외)을 기부하기로 되어있었는데, 이 수익금만 400억 원을 훌쩍 넘어선 것이다. 이 어마어마한 돈을 어디에 써야 하나? 그냥 불우이웃을 위해 기부하는 것은 성의 없어 보였다. 책을 판매한 수익금이니 책과 관련된 일에 쓰는 것이 옳다.

고민 끝에 '어린이 도서관'을 전국에 짓기로 했다. 당시만 해도 우리나라에는 어린이 도서관이 단 하나밖에 없었다. 핀란드는 6천 개, 파리는 3천 개, 우리는 1개. 우리 사회는 어찌 이다지도 무관심할 수 있었을까? 어린이 도서관을 통해 어린이들에게 기적이 일어나기를 바라는 마음으로 '기적의 도서관'으로 명명했다. 그리고 드디어 2003년, '기적의 도서관'을 전국에 건립하는 야심찬 프로젝트를 시작했다.

17대 국회의원 선거의 기적

첫 번째 도서관의 장소 선정이 문제였다. 5개 지방 자치단 체장을 프로그램에 출연시켜 결정하기로 했다. 여러 유명 정 치인들 사이에 무명의 순천시장이 군계일학으로 눈에 띄었 다. 사실, 김용만의 무지한 첫 질문이 한몫했다.

"순천이라면 고추장의 지방 아닙니까?"

순천시장이 호통을 쳤다.

"책 프로그램 MC가 이렇게 무식합니까? 그것은 순창이고 요, 순천은 교육의 도시, 순천만의 도시입니다."

"아, 죄송합니다. 그럼 순천은 무슨 특징이 있습니까?"

"순천 가서는 인물 자랑하지 말라는 말도 못 들어봤습니 까?"

"아, 그래서 그런지 시장님 인물이 훤하십니다. 하하하."

조충훈 시장은 실제로 얼굴이 허옇고 훤했다.

"근데 시장님, 솔직히 순천이 어디에 있는지 잘 모르거든 요. 이 스티커를 좀 붙여주세요."

인물 좋은 조 시장은 대형 한반도 지도를 훑어보더니, 스티 커에 침을 탁 뱉어 꾸욱 눌러 붙였다.

"여깁니다."

침 바른 스티커를 탁탁 눌러 붙이는 시장의 소박한 그 모습은 정감이 넘쳤다. 또 '기적의 도서관'을 유치하고자 하는 30만 순천 시민들의 간절한 열망을 그대로 표현해냈다. 결국 첫 번째 '기적의 도서관'은 당시 '고추장의 지방'이냐는 오해를 받았던 '순천'이 선정되는 기적 같은 일로 시작되었다.

순천의 '1호 기적의 도서관'을 필두로 전국에 무려 7개의 '기적의 도서관'이 동시에 지어지기 시작했다. '기적의 도서관'은 이름 그대로 기적처럼 건립되었고, 그다음 해 기적 같은 일이 또 일어났다. 17대 국회의원 선거 때 모든 후보의 선거 공약에 도서관 짓기가 100% 포함되어 있었던 것. 덕분에 지금은 도서관의 수보다 질이 중요한 시대가 되었다.

'책을 읽읍시다!'가 방송된 2002년 한 해에 도서 판매량이 30% 증가했고, 인쇄소에서는 용지 부족 현상이 일어나기도 했다. 〈!느낌표〉 선정도서 한 권의 매출이 100억이 넘어가기도 했다. 출판사에게는 〈!느낌표〉의 선정 전화 한 통이 곧 '로또 당첨'으로 여겨질 만도 했다.

순천 기적의 도서관

삶의 이유, 가족

2003년 여름, 나는 필리핀 마닐라의 한 빈민촌을 지나고 있었다. 고가
도로 밑 판자촌에서는 악취가 풍겼고, 시궁창 물에 빨래하는 아낙들이
눈에 들어왔다. 아이들은 앙상한 몸으로 판자 바닥을 뛰어다녔고, 바싹
마른 개들이 그 뒤를 졸졸 따랐다. 빈민촌을 볼 때마다 들던 의문이 여기
서도 떠올랐다. 이들은 도대체 뭘 먹고 살까? 돈을 벌어야 살아갈 텐데?
그때 불현듯, 저들 중 한 사람이 우리나라에 가서 돈을 벌고 있을 수도
있다는 생각이 들었다. 그렇다. 외국인 노동자들에게도 사랑하는 가족이
엄연히 존재한다. 그들이 이역만리에서 일하는 이유는 고향에 가족이
있기 때문이다.

가족 상봉. 서로 떨어져 사는 이들을 만나게 해주자. 고향에 있는 가족을
한국으로 데려와 만나게 해준다면 얼마나 좋아할까? 그 기쁨은 감동으
로 이어질 것이고, 시청자들은 그 이방인들에게도 사랑하는 가족이 있

다는 사실을 깨닫게 될 것이다. 개그맨 박수홍, 윤정수를 MC로 기용해 '아시아, 아시아'라는 코너를 시작했다. 예상대로, 첫 방송부터 눈물 없이는 볼 수 없는 진짜 감동이 담겼다.

어머니의 눈물

불법 체류자. 대부분의 외국인 노동자가 그랬다. 낭패였다. 법무부, 노동부와 협의를 시작했다. 교도소에서도 면회는 허락하지 않느냐, 인도주의적 차원 아니냐 별별 이유를 대며 설득했다. 그러자 드디어 법무부가 움직였다. 출입국 관리소 문을 열어주기로 한 것이다. 우리는 첫 번째로 출연할 외국인 노동자를 물색했다.

'비뿌' 씨는 방글라데시에서 온 이주 노동자였다. 그는 가구 공장에서 일하며 가족들에게 매달 월급을 보내고 있었다. 우리는 이 잘생기고 건장한 청년과 어머니를 만나게 해주고 싶었다. 이민호 PD가 박수홍과 함께 방글라데시로 날아갔다. 깜짝 놀랄만한 이 계획을 듣고 가족들은 기뻐서 어쩔 줄을 몰랐다. 그 좋아하는 모습을 고스란히 녹화했다. 한국으로 돈 벌러 간 아들을 7년 만에 만날 수 있다니? '고맙고도 미안한 나의 아들.' 어머니의 눈에서 하염없이 눈물이 흘렀다.

그런데 문제가 생겼다. 어머니는 물론 가족 누구에게도 여권이 없었다. 며칠 내로 여권과 비자를 발급받는다는 것은 거의 불가능한 일. 그러나 이번에 안 되면 다음에는 더 안 될 것이다. 이민호 PD와 상의했다.

"꼭 어머니가 아니라도 돼. 누구라도 데려오자."

이민호 PD는 비뿌의 남동생을 선택했다. MBC가 보증만 하면 해외 체류가 가능한 사람에 한해 특별 여권을 발급할 수 있다는 외교부의 회신이 있었기 때문이다. 놀랍게도 외교부는 하루 만에 특별 여권을 발급해 줬다. 마침내 방글라데시의 다카 공항, 어머니 대신 비뿌의 남동생이 한국행 비행기에 몸을 실었다.

감동으로 법을 바꾸다

인천 공항. 비뿌는 아무것도 모른 채 불려 나와 어리둥절했다. 처음 보는 카메라와 조명이 신기한 기색이었다. 잠시 후면 극비리에 동생이 모습을 드러낼 것이다. 임정아 PD가 녹화를 시작했다.

"네, 잠시 후면 저기 커튼을 젖히고 누군가가 나타날 겁니다. 하나, 둘, 셋, 커튼 젖혀주세요!"

비뿌는 호기심 어린 얼굴로 커튼을 바라보고 있었다. 그 순간, 방글라데시에 있어야 할 동생이 커튼을 젖히고 모습을 드러냈다. 이럴 수가?

"까아아악!"

비뿌는 정말 기절할 듯이 소리를 지르며 동생에게로 달려갔다. 그의 외마디 소리는 공항 전체에 메아리쳤고, 형제는 서로의 얼굴을 어루만지며 뜨겁게 포옹했다.

"으으으으……"

터져 나오는 울음소리와 한 서린 눈물이 형제의 얼굴에 흘러내렸다. 박수홍, 윤정수는 물론 방송으로 이 장면을 지켜본 시청자들도 감동의 눈물을 흘렸다. 이국의 두 남자는 한참을 부둥켜안고 있었다.

이 한 장면이 대한민국을 움직이게 만들었다. 정치권도 이주 노동자들의 현실에 관심을 가지기 시작했다. 박관용 당시 국회의장이 먼저 전화해 물었다.

"어제 방송 보고 정말 감명받았습니다. 도와드릴 것 없습니까?"

"의장님, 불합리한 이주 노동자 법이 문제입니다."

결론부터 말씀드렸다. 그러고 얼마 지나지 않아 천정배 법무부 장관도 직접 만나 말씀드렸다. 그리고는 놀라운 일이 일어났다. 첫 방송이 나간 지 불과 넉 달 만에 이주 노동자 법이 개정된 것이다.

노무현 대통령

2003년 7월 15일, 〈!느낌표〉 청와대 특집이 성사됐다. '아시아! 아시아!'의 이주 노동자들은 청와대에 도착하자 긴장하기 시작했다. 금속 탐지기를 통과해 들어간 영빈관의 으리으리한 샹들리에는 그들을 더욱 주눅 들게 했다. 유재석, 박수홍 등 MC들도 긴장하기는 마찬가지였다. 얼마나 긴장했으면 김용만이 청심환을 나눠주며 말했다.

"이거 먹고들 합시다."

김대중 대통령에 이어 두 번째로 대통령 특집을 녹화하는 김용만이었지만, 뛰는 심장을 제어하기엔 역부족인 모양이었다.

MC들은 전문가다웠다. 대통령 내외와 격의 없는 대화를 나누며 특집 쇼를 이끌어 갔다. 노 대통령 부부도 노련하고 솔직한 대화를 나누며, 품위 있는 방송을 만들어 갔다. 특히 노무현 대통령은 방청석에 앉아 있던 비뿌를 가리키며, 방송을 보아 알고 있다고 이름까지 기억했다. 권양숙 여사도 비뿌의 가족 상봉을 VTR로 보고 눈시울을 붉혔다.

"다시 봐도 가슴이 찡합니다."

2003년 7월 19일 방송된 〈!느낌표〉 대통령 특집은 예상한 대로 세간의 이목을 집중시키며 대성공을 거두었다. 김대중 대통령 부부에 이어 노무현 대통령 부부까지, 나는 영광스럽게도 15, 16대 대통령 부부를 예능 프로에 출연시킨 PD로 기록되었다.

MBC <! 느낌표>, 청와대 가다

노대통령 각 코너 정책 지원 약속

노무현 대통령이 출범 이후 지난 19일 처음으로 오락프로그램에 출연해 화제를 모았다. MBC <!느낌표>가 그것인데, 이날 방송은 29%의 높은 평균 시청률을 기록해 평소 17%보다 월등하게 높았다.

<!느낌표> 제작진들은 지난해 11월 노 대통령의 대선 후보시절부터 출연을 섭외 했으나 성사되지 못했다. 이런 상황에서 지난 달 청와대는 제작진과 출연진을 초청한 오찬 모임을 책의했으나 제작진은 오찬보다 노 대통령의 프로그램 참여로 바꿔줄 것을 요청하면서 성사된 것이다.

애초 제작진은 '길거리 특강'에 노 대통령을 초청할 계획이었으나 현재 이 코너가 없어져 고민을 하다 결국 <! 느낌표>의 코너 모두가 국가정책과 밀접한 연관이 있다고 판단해 대통령과 각 코너에 대해 이야기를 나누는 형식으로 포맷을 정했다고 한다.

<!느낌표>의 기획과 연출을 맡고 있는 김영희 PD는 "메세지가 있는 재미있는 프로그램이 됐다"며 "구체적인 정책에 대한 확답을 끌어내지 못했다는 비판도 있지만 이는 오락프로그램이 가지는 한계를 고려하지 않은 것"이라고 말했다.

돼야 한다", "청소년과 외국인 노동자들이 희망을 가졌으면 한다"란 노 대통령의 격려의 말은 정작 제작진이 하고 싶었던 말이었다고 덧붙였다.

프로그램에서 노 대통령은 각 코너에서 추구하는 일에 대해 관심을 나타내며 정책적으로 지원할 것을 약속했다.

이와 관련 김 PD는 "예상보다 빨리 각 코너들이 성과를 얻고 있어 프로그램을 어떻게 이끌어 갈지

다. '기적의 도서관'과 '아시아 아시아'는 가을이 되면 새로운 틀로 구성하고 '하자 하자' 청소년 할인은 9월 중순 마무리한다는 계획을 세우고 있는 상태다.

<!느낌표>는 '기적의 도서관-어린이 도서관 건립', '하자. 하자-청소년 할인', '아시아 아시아-이주노동자 가족상봉' 등의 세 코너로 구성돼 있으며 각각 어린이 인권, 청소년 인권, 이주노동자 인권을 주제로 하고 있다.

아이들에게서
꿈을 빼앗지 마라!

나는 메모광이다. 해야 할 일, 잊지 말아야 할 것은 물론 아무리 사소한 것이라도 모두 메모해 놓는다. 깜박하는 순간 프로그램이 망가지는 걸 여러 번 경험했기 때문이다. 한번은 녹화 직전에 출연 가수 두 명이 동시에 나타났다. 이미 소찬휘를 섭외한 것을 깜박하고 김완선을 또 오라고 한 것이다. 메모를 해 두지 않은 것이 문제의 발단이었다. 두 가수의 노래를 1절씩 녹화하는 궁여지책으로 낭패를 모면하기는 했지만, 이런 일들을 겪으면서 내 책상은 항상 메모지로 덕지덕지했다.

80년대만 하더라도 포스트잇 같은 건 있지도 않았다. 나는 책상 위에 유리를 깔고 중요한 메모들을 그 밑에 넣어두었다. 책상 유리 아래에는 메모들 외에 기억해 두고 싶은 것들도 들어있었는데, 그중 아직도 기억나는 신문 만평이 하나 있다. 밤 골목의 풍경이었다. 가로등 밑을 지나가는 여자 중학생의 축 늘어진 어깨가 길게 그림자 져 드리워 있는 그림이었다. 마음이 짠해졌다. 어쩐 일인지 눈길이 자꾸 갔다. 내가 PD를 하는 동안은 정말 이 그림을 잊지 말자, 정사각형의 신문 만평을 가위로 오려 유리 밑에 깔았다. 그리고 자리에 앉고 서며, 사무실을 오가며 그 만평을 보았다. 사무실이 이사라도 가면 나는 그 만평을 꺼내 옮긴 책상 밑에 다시 깔았다. 그 여학생을 잊지 않았다. 풀이 죽은 청소년들에게 힘을 줄 수 있는 PD가 되고 싶었다.

아이들이 행복하지 않은 사회는 누구도 행복할 수 없다. 아이들은 꿈을 꿀 수 있어야 행복하다.

제발, 아침밥 먹고 학교 가자!

코너에 예기치 않은 문제가 발생했다. 폭주족 아이들에게 헬멧을 씌워 생명만은 보호하자는 취지의 아이템에서 문제가 발견된 것이다. 단순한 문제였다. 겨울철에는 오토바이 폭주족들이 없다. 봄바람이 불기 시작하는 3월에나 슬슬 나온다니 촬영이 불가능했다. 어떻게 해야 하나? 일단 폭주족을 위한 아이템은 봄으로 미루고, 또다시 밤샘 회의를 시작했다.

"0교시라고 있대요."

자료조사를 하던 작가가 신기한 듯 말했다.

"우리 학생들이 아침밥도 못 먹고 학교에 간다는데요?"

'이런 게 다 있네?'에서 시작했는데, 조사하면 할수록 이거라는 생각이 들었다. 대체 아이템으로 '0교시'를 선택했다. 밥도 먹지 못하고 등교하는 청소년들에게 최소한 아침밥은 먹이자는 것. 그런데, 세상일을 정말 누가 알겠는가? 허둥지둥 갈아 끼운 이 '0교시'가 오히려 〈!느낌표〉 성공의 1등 공신이 되었다. 아이템 제목은 단순명쾌하게 정했다.

'얘들아! 아침밥 먹자!'

'0교시'라는 말을 아시나요?

솔직히 자료조사 전에는 이런 해괴망측한 용어가 있는지 몰랐다.

요즘에야 다들 0교시를 겪은 당사자들일테니 익숙한 말이겠지만, 당시에는 아마 대한민국 국민 대다수가 0교시를 몰랐을 것이다. 1교시 수업 전에 0교시를 하나 더 만들어 수업한다? 이 사실을 어떻게 받아들여야 할까? 우리나라 사람들이 머리가 좋은 건지, 생각이 없는 건지……. 날이 밝기 전부터 축 처진 어깨로 등교해서는, 책상에 엎드려 자는 아이들의 모습을 보며 제작진은 어이가 없었다.

새벽 3시. 깜깜한 교실에 신동엽이 나타났다. 아침밥을 직접 만들어 아이들이 등교하기 전, 교실로 배달하기 위해서다. 한번은 아이들에게 신선한 우유를 먹이고 싶다는 일념으로 젖소를 트럭에 태우고 오기도 했다. 어쨌든 학생들은 뜻하지 않게 신동엽을 만나고, 뜨끈한 밥과 국까지 먹게 되니 신이 났다. 교실에는 에너지가 넘쳤다.

'0교시라는 게 있어? 아이들이 엎드려 잠만 자는데?' 학부모들 사이에서 0교시에 대한 자성의 목소리가 나오기 시작했다. 때를 놓치지 않고 영국행을 기획했다. 영국의 학생들은 축 늘어진 한국 학생들과는 확연히 다르다는 것을 나는 잘 알고 있었다. 노도철 PD와 신동엽이 영국행 비행기에 몸을 실었다.

죽지 않는 괴물

새벽 6시, 런던의 공립학교 앞에는 적막이 흘렀다. 같은 6시, 한국의 학교엔 벌써 등교하는 아이들이 보이기 시작했고 6시 30분이 되자 삼삼오오 교문에 들어섰다. 같은 시각, 여전히 적막하기만 한 런던의 학교. 7시가 되자 한국 학생들의 등교는 절정을 이뤘고 교실은 이미 가득 찼다. 영국 학교 앞에는 아직 개미 한 마리도 얼씬거리지 않는데, 우리나라 교실에서는 벌써 0교시가 시작되었다. 그런데 웬걸? 수업 중 아이들은 대부분 책상 위에 엎드려 자고 있었다. 그 시각, 영국 학생들의 등교가 시작됐다. 8시 반부터 시작된 영국의 수업 시간. 학생들은 경쟁적으로 손을 들며 발표했고 교실엔 활력이 넘쳤다.

영국과 한국의 교육 환경이 비교 화면으로 그대로 방송되었다. 충격적이었다. 새벽부터 일어나 책상에 엎드려 자는 우리 아이들과 초롱초롱한 영국 아이들, 어느 쪽이 국가의 미래로서 더 경쟁력 있겠는가? 이 방송 이후 여론이 들끓기 시작했다. 내친김에 프랑스 파리와 독일 베를린으로 날아갔다. 일본은 물론, 베트남 하노이 촬영도 감행했다. 촬영이 계속될수록 어처구니없는 한국의 현실이 점점 더 적나라하게 드러났다. 깜깜한 새벽부터 학생들이 등교하는 나라는 지구상에서 우리나라가 유일한 것 같았다. 그 당시 대한민국은 사실상 아동학대 국가였다.

마침내 교육계에서 자성의 목소리가 나오기 시작했다. 서울시 교육청에서 가장 먼저 '0교시 폐지'를 결정했다. 지방 교육청들도 속속 '0교시 폐지'에 동참했고, 방송 4개월 만에

'0교시 전면 폐지'라는 쾌거를 얻어냈다. 그런데, 사실을 고백하자면 '0교시'라는 괴물은 없어진 게 아니었다. 잠시 숨어 있다가 다시 꿈틀대기 시작했다. 0교시 부활까지는 그리 오랜 시간이 필요치 않았다. 내 아이만은 좀 더 좋은 학교에 보내겠다는 학부모들의 욕망 때문이었다. 도대체 우리 아이들은 언제까지 이런 고통 속에서 살아야 할까? 솔직히 말해서, 학부모가 변하기 전에는 답이 없는 것 같다.

학생이면 할인해 준다

'학생 할인'. 2003년만 해도 고궁을 가든 박물관을 가든 매표소에 '학생 할인'이 있었다. 버스를 타도 그랬다. 버스 요금통에 '학생 할인'이라는 팻말도 붙어 있었다. 얼핏 보면 굉장히 좋은 것처럼 보였다. 그러나 조금만 생각해보면 어처구니없는 제도였다.

어느 날 버스를 타고 가는데 청소년으로 보이는 아이가 버스에 올라탔다. 아이가 요금을 내고 자리로 가려는데 운전기사가 불렀다.

"어이, 학생! 학생증 좀 보자!"

"네?"

학생의 행색이 조금 꼬질했는지 기사가 재차 물었다.

"학생 아니야?"

아이가 우물쭈물했다. 아이는 학교에 다니지 않는, 요즘 말로 '학교 밖 청소년'이었던 것이다.

"학생증 없어? 없으면 일반 요금 내야지!"

"네?"

주머니에서 주섬주섬 동전을 꺼내는 아이의 모습을 보면서 나는 분개했다. 15~6세로 보이는 저 아이는 얼마나 자존심이 상했을까? 같은 나이인데 학교에 다니면 할인을 받고, 학생이 아니면 어른 요금을 내야 하다니! 잘못되어도 한참 잘못됐다.

첫 방송을 내보내며 버스 요금체계부터 바꾸자고 했다.

"나도 공부하는 학생인데, 버스를 탈 때마다 갈등해요."

검정고시를 준비하는 청소년들과 근로 청소년들의 입을 통해 그들의 솔직한 심정을 그대로 방송했다. 즉각적인 반응이 나왔다. 서울시와 경기도에서 '학생 할인'을 '청소년 할인'으로 고치기 시작했다. 국가인권위원회는 "공공시설 할인에서 비학생 청소년을 배제하는 것은 평등권을 침해하는 차별행

위"라며 문화관광부 장관에게 개선할 것을 권고했다. 300만 명에 달하는 학교 밖 청소년들의 사회적 불균형이 해소되기 시작한 것이다.

지금은 버스 요금도, 미술관 입장료도 '청소년 할인'이 당연한 세상이 되었다. '학생 할인'이라는 말을 없애고, '청소년 할인'이라는 말을 통용시킨 것! 내가 방송을 통해 한 일 중 가장 기뻤던 일이다.

핵심은, 모두가 한 방향으로
갈 수 있게!

"밝게! 재밌게! 그리고 진지하게!"

<!느낌표> 회의실에 붙여두었던 표어다. 내가 직접 매직펜으로 써서 눈에 가장 잘 띄는 기둥에 붙여놓았다. 전 스태프가 공유했으면 했던 <!느낌표>의 제작 모토였다. 예능 프로그램이지만 웃기기만 해서도 안 되고, 의미를 담되 재미가 없으면 안 된다는 것이다. 스태프들은 내 의도를 간단히 이해했다. 아무리 무거운 주제라도 우리의 손을 거치면 경쾌한 방송으로 변했다. 물론 의미도 놓치지 않았다. 그 덕분에 <!느낌표>는 실제로 '밝게, 재밌게, 진지하게' 만들어졌고, 시청자들은 박수를 보냈다.

<!느낌표>는 2002년 한 해 동안에만 '백상 TV 예술대상', '방송 프로듀서상', '한국방송대상 작품상' 등 무려 16차례나 수상했고, 그 후로도 6년간 방송되며 국내외 40여 개의 크고 작은 상을 휩쓸었다. "밝게! 재밌게! 그리고 진지하게!" 우리는 시청자들의 마음에 큰 느낌표를 찍었다.

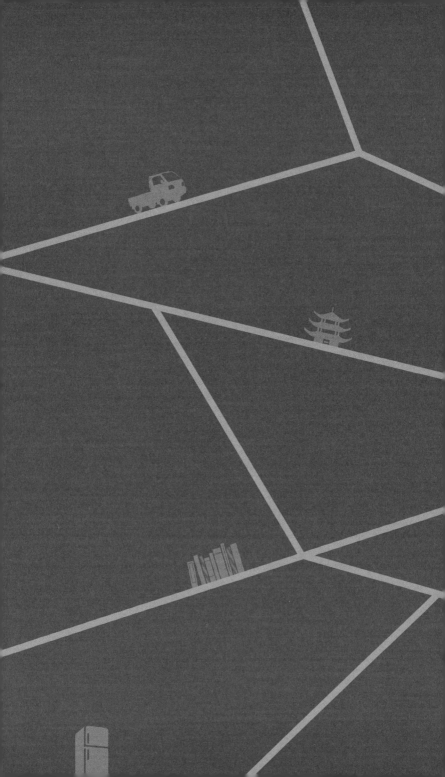

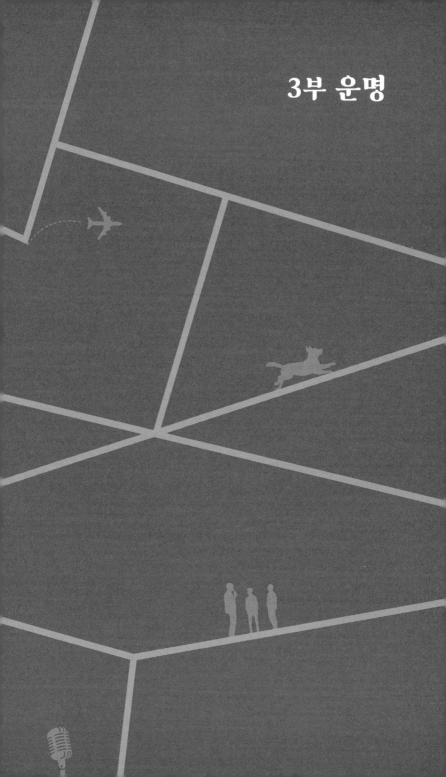

3부 운명

나는 나를 믿는다

5년 만에 복귀하는, 51세의 PD가, 여전히 잘 만들 수 있을까? 언론은 물론 주변의 시선은 회의적이었다. 그러나 나는 어쩐지 자신 있었다. 새로운 프로그램을 만들면 성공할 수 있다고 확신했다. 내가 들고나온 프로는 모두의 예상을 깬 것이었다. 김영희 PD가 음악을 가지고 나오다니! 25년간 오락 프로만 해온 PD가? 완전 의외였다. 예측할 수 없는 것을 만들어내는 것. 그것이 성공의 지름길이다.

<나는 가수다>가 크게 성공하고 나서 이경규와 술을 마신 적이 있다.

"진짜 형 대단하다. 복귀한다고 할 때 나도 사실 반신반의했거든. 대단해, 형."

칭찬을 아끼지 않으면서 우스갯소리도 빼놓지 않았다.

"집사람이 그러더라고. 사람들이 <나는 가수다> 얘기만 한대. '남자의 자격'은 어떻게 하냐고!?"

당시 이경규는 경쟁 프로그램인 KBS <해피 선데이>의 '남자의 자격'에 출연하고 있었기 때문이다.

어쨌든 나는 그렇게 네 번째 홈런을 터뜨렸다.

가수가 뭡니까?

예능국장, PD 연합회장을 거친 사람이 현업을 다시 하겠다니? 곱지 않은 시선들이 많았다. 그러나 나는 프로그램 생각만 하면 가슴이 뛰었다. 천생 PD다. 그러나 동시에 고민도 많았다. 무슨 아이템으로 복귀해야 하나? 잠을 잊은 12월의 늦은 밤, 나는 사무실 창밖을 내려다보고 있었다. 그때 어디선가 감미로운 노래가 흘러나왔다.

누구라도 그러하듯이, 길을 걸으면 생각이 난다.

우우 우우우.

펄시스터즈의 「누구라도 그러하듯이」가 이수영의 목소리로 잔잔히 울려 퍼졌다.

마주 보며 속삭이던 지난날의 얼굴들이

꽃잎처럼 흩어져 간다.

가슴이 먹먹해졌다. 노래 한 곡에 이리도 행복해질 수 있을까? 갑자기 이거다! 라는 생각이 들었다. 노래다! 노래야말로 모두를 행복하게 해 줄 수 있다.

가수란 무엇일까? 처음부터 차근차근 생각하기로 했다. 가수란 노래하는 사람이다. 아니, 노래를 '잘' 하는 사람이 진짜 가수다. 그 진짜 가수가 진심으로 부르는 노래, 진짜 노래를 들려준다면 분명 모두가 감동할 것이다. 그렇다면 그 진짜 가수들이 최선을 다해 부를 수밖에 없는 구조를 만들어야 한다. 어떤 무대여야 할까?

서바이벌이다. 서바이벌이라면 어떤 가수라도 최선을 다해 부를 것이다. 그러나 이미 정상에 오른 인기 가수들이 서바이벌에 참여할 리가 없다. 그래서 자기 곡이 아닌 리메이크곡으로 부담을 줄여주고, 최고의 음향과 무대를 제공해야 했다. 평가는 누가 할까? 작곡가나 음악 평론가들이 전문가랍시고

내놓는 평가를 수용할 가수는 없다. 그러니 오직 관객뿐이다. 10대부터 60대까지 500명의 청중 평가단을 구성하면 될 것이다. 자, 이제 진짜 가수들이 진짜 노래를 할 수 있는 구조가 만들어졌다. 나는 대한민국을 행복하게 만들 수 있다고 확신했다.

내 기획을 들은 여현전 작가와 이언주 작가는 눈을 동그랗게 떴다. 인기 최정상의 가수들을 서바이벌 무대에 세우겠다니, 기막힌 발상이라고, '완전 대박'이라고 좋아했다. 그러면서도 여현전 작가는 단서 다는 것을 잊지 않았다.

"섭외만 되면요."

그렇다. 섭외가 문제였다. 하지만 나는 자신 있게 얘기했다.

"걱정하지 마, 섭외는 내가 알아서 할게!"

나중에 알게 된 일이지만, 그 자리에 있던 작가 중 누구도 내 말을 믿는 사람은 없었다. 지금까지 예능 프로만 만들어온 PD가 가수들 섭외가 얼마나 힘든지 어떻게 알겠는가? 하하하, 그러나 세상에는 모르니까 할 수 있는 것들이 있다.

그러니까 이소라

"이소라 어때?"

자신 있게 얘기했다.

"네에? 이소라요?"

작가들은 역시나 섭외가 문제라고 했다.

"이소라가 서바이벌 무대에 설까요?"

곰곰이 생각하니 불가능할 것 같았다. 이미 방송가에는 괴팍하기로 소문난 그녀가 아닌가?

"그래? 일단 1번에 올려놓고, 2번, 3번 나가보자."

2번 김건모, 3번 백지영, 4번 윤도현, 5번 정엽, 6번 박정현, 7번 김범수. 리스트가 완성됐다. 이제 공은 나에게 넘어왔다. 이 가수들을 섭외하지 못하면 모든 것이 말짱 도루묵 되는 순간이었다.

"이소라부터 섭외하자."

이소라 섭외에 실패한다면 〈나가수〉를 접자고 배수진을 쳤다. 1번부터 실패했는데 2번, 3번으로 나갈 필요가 없는 것이다. 작전을 세웠다. 일단 이소라가 신뢰하고, 의논할 만한 인사들을 포섭했다. 작곡가, 라디오 PD, 연주자. 이소라가 좋아하는 모든 사람을 만났다. 그러나 누구를 만나든 결국은 서바이별에 대한 우려가 걸림돌이었다. 나는 간곡히 부탁했다.

"좋은 프로네요. 근데 소라 씨가 할까요?"

"힘들겠지요. 도와주세요. 우리 가요계의 발전을 위해서 꼭 해야 합니다."

역시나 이소라가 모 작곡가에게 전화로 물어왔단다.

"〈나는 가수다〉 어떻게 생각해?"

"해 볼 만한 거 아냐?"

그 작곡가는 한국 가요의 발전을 위해서라도 진심으로 이소라가 출연해야 한다고 생각한 사람이었다.

"서바이벌은?"

"필요한 장치 아냐? 소라 씨는 떨어지지 않아."

이소라도 역시 서바이벌이 마음에 걸렸던 것이다. 작곡가는 그야말로 적극적으로 권유했고, 이소라는 흔들렸다. 점점 분위기가 무르익었다. 그녀를 만나기로 약속을 잡았다.

이소라를 만나는 날 보라색 꽃을 사 갔다. 보라색은 그녀가 좋아하는 색깔이다. 화이트 와인, 오일 파스타, 홍대 앞 Z 카페 등 그녀가 좋아하는 모든 것을 준비했다. 드디어 이소라가 굽 높은 보라색 구두를 신고 모습을 드러냈다.

"처음 뵙겠습니다. 김영희 PD입니다."

"아, 안녕하세요? 드디어 얼굴을 뵙네요."

그녀는 반가운 마음을 감추지 않았다. 〈황금어장〉의 '무릎 팍! 도사'에 출연한 나를 보고 호감을 느꼈다고 했다. 화기애애하게 식사를 마쳐갈 무렵 중요한 얘기를 꺼냈다.

"나는 아이돌 위주의 음악 프로가 주류가 되는 것에 반대합니다."

진짜 가수들이 진짜 노래를 하는 프로그램을 만들고 싶다, 반드시 프라임 타임에 가장 시청률 높은 프로가 되어야 한다고 강조했다.

"그러기 위해서는 최소한의 장치가 '서바이벌' 입니다."

그리고 PD로서 마지막 말을 했다.

"이소라 씨만 나와준다면, 나는 자신 있습니다."

이소라의 얼굴을 쳐다봤다. 〈나가수〉를 출범시킬 수 있느냐 없느냐 결정이 내려지는 순간이었다. 이소라가 자리에서 일어서며 똑 부러지게 얘기했다.

"언제부터 녹화하죠? 나는 할 거예요."

기적! 기적이 일어났다.

첫 녹화가 시작되고 이소라를 인터뷰하는 도중 나는 속으로 많이 웃었다. 그녀는 경연이 다가오면서 후회되는 마음을 어린아이처럼 쏟아냈기 때문이다.

"어휴, 내가 왜 한다고 했는지 모르겠어요. 잠도 안 오고."

이소라는 자신의 감정에 무한 솔직할 수 있는 사람이다. 그녀의 가슴속 대부분은 어린아이의 순수함이 차지하고 있는지 모른다. 그러니까 이소라다.

까만 귤 봉지

김건모도 섭외했다. 김범수, 박정현, 정엽도 줄줄이 섭외에 성공했다. 거칠 것이 없었다. 이제는 까다로운 윤도현, 백지영만 남았다. 우선 윤도현 섭외에 온갖 노력을 기울였다. 윤도현이 출연하는 프로그램의 녹화 대기실로 찾아가고, 사무실로 가기도 하면서 끈질기게 설득했다.

"윤도현 씨가 출연해 주셔야 〈나가수〉가 성공할 수 있습니다."

여전히 망설이던 그에게 결정타를 날렸다.

"이소라 씨도 할 겁니다."

"네에?"

잠시 생각에 잠겨 있던 윤도현이 대답했다.

"하겠습니다."

다음날 회의실은 떠나갈 듯한 함성으로 뒤덮였다. "와, 이제 백지영만 남았네요." 불가능할 것 같던 섭외가 완성되어 가고 있다니, 나도 믿기지 않았다. 그때 갑자기 전화벨이 울렸다. 무슨 전화지? 전화를 받던 작가가 전화기를 손으로 막았다.

"윤도현인데요, 목소리가 심각해요."

"전화 바꿨습니다, 윤도현 씨."

"결론부터 말씀드릴게요. 어젯밤에 집사람과 상의해 봤는데요, 하지 않기로 했습니다. 죄송합니다."

청천벽력이었다. 아무리 마음을 돌리려고 애를 써봐도 통하지 않았다. 전화를 끊고 나니 회의실은 적막강산으로 변했다. 침울한 작가들에게 단호하게 말했다.

"끝까지 윤도현으로 가자!"

그날 밤 윤도현이 있는 장소를 알아보라고 지시하고, 24시간 카페에 앉아 새벽까지 하염없이 기다렸다.

"합정동 스튜디오에서 연습한답니다."

"국장님, 저희도 갈까요?"

"아니!"

새벽 4시였다. 혈혈단신, 합정동으로 갔다. 스튜디오 앞 가게에서 귤 한 봉지와 음료수를 사 들고 스튜디오로 들어갔다. 신발들이 어지럽게 널려있었고, 퀴퀴한 냄새가 코를 찔렀다.

까만 귤 봉지를 들고 나타난 내 모습에 윤도현은 깜짝 놀랐다. MBC의 국장급 PD가 새벽 4시에 귤 봉지를 들고 홀연히 나타나다니. 부담스럽기도 하고 약간의 감동도 했을 것이다. 가수들은 논리보다는 감성으로 움직이는 사람들이다. 얘기를 나누던 중, 윤도현이 갑자기 물었다.

"〈나가수〉에서 나는 뭘 기대하죠?"

나는 망설임 없이 대답했다.

"지금까지 없었던, 최고의 록 무대를 만들어 드리겠습니다."

내 말에는 진심이 담겨있었고, 그는 그것을 받아들였다.

"하겠습니다."

까만 귤 봉지를 들고, 멋지게 반전에 성공했다.

게임은 히든카드로 하는 거지!

승전보를 알리듯, 작가들에게 이 기쁜 소식을 전했다.

"이제 백지영만 남았다. 하하하."

사실 그녀는 데뷔할 때부터 나와 함께한 아주 가까운 사이다. 그런데도 쉽게 승낙이 떨어지지 않았다. 객관적으로 보자면 백지영이야말로 섭외하기 가장 어려운 가수였다. 대중적으로 가장 인기가 많았으니 그만큼 서바이벌이 부담스러웠을 것이다. 세 번, 네 번 만나면서 내 진심이 전해졌는지 그녀가 조건을 내걸었다.

"언제 결혼할지 모르겠지만, 국장님이 제 결혼식 주례 봐주시면 〈나가수〉 할게요."

마침내 7번째 가수의 섭외까지 성공했다.

마침내 섭외가 완성되었다. 〈나가수〉는 성공할 것이다. 그러나 성공을 보장하려면 히든카드를 가지고 있어야 한다. 후속 가수들의 섭외에 곧바로 착수했다. 이소라에 버금가는 가수를 찾아야 했다. 임재범. 마침내 찾아낸 가수였다. 그의 섭외에 성공하면 〈나가수〉는 탄탄대로일 것이다. 그리고 나는 임재범의 섭외에도 성공했다. 김연우, 인순이까지 후속 섭외를 완료하고, 내친김에 이승철까지 섭외의 손길을 내밀던 때 사고가 터졌다. 내 인생 최대의 시련이었다.

결국, 사람이 전부다

<나가수> 첫 녹화가 끝나고, 한 사람도 빠짐없이 회식한다는 원칙을 정했다. 새벽 1시, 놀랍게도 <나가수>에 참여한 모든 멤버가 참석했다. 5년 동안 어떤 회식 자리에도 가 본 적 없다던 이소라도 참석했다. 김건모, 백지영은 물론 매니저, 작가, 카메라, 조명 등 200여 명의 스태프가 참석했다. 그 자리에서 나는 어린 막내 스태프들을 직접 챙기며 술 한 잔씩 권했다. 녹화 중 내가 심하게 야단치거나 힘들게 한 것을 알기 때문이다. 이때 챙기지 않으면 언제 이들을 달래 줄 수 있겠는가? <나가수> 하는 동안 이런 심야 회식을 매주 했으니, 나는 매주 한 번은 만취해서 집에 들어갔다. 아침에. 하하.

백지영의 눈물

〈나는 가수다〉라는 제목이 가수들에게 주는 의미는 각별했다.

"이 제목이어야 서바이벌을 할 수 있을 것 같아요."

이소라의 말처럼, 서바이벌 무대에 설 수 있는 최소한의 자존감. 그것을 지켜주는 제목이 〈나는 가수다〉였던 것이다. 제목뿐이 아니었다. '진짜 가수'들에게는 진짜 음향이 필요했다. 섭외할 때 약속한 나의 책무였다.

연주자는 최고의 아티스트로 채우고, 스피커와 앰프는 가장 좋은 것으로 선택했다. 모든 게 돈이었다. 그렇다고 '진짜 가수'들의 귀를 속일 수는 없지 않은가? 일반 방송 무대에 사용할 수 없는 것들이니 제작비가 급상승했다. 아니나 다를까, 이병혁 PD가 심각한 얼굴로 나에게 왔다.

"국장님, 첫 녹화도 하기 전인데 제작비가 벌써 두 배 오버했습니다."

헉, 2억 5천?

"아직도 갈 길이 먼데, 어떻게 하지요?"

"병혁아, 너랑 나랑 월급에서 조금씩 까 나가자. 하하하."

방법은 단 하나. 〈나가수〉를 성공시키는 길밖에 없었다.

리허설을 시작했다. 가수들은 최고 연주자와 음향 장비를 보고 놀랐다. 일반 음악 프로에서는 상상할 수 없을 정도의 세팅 아닌가? 가수별로 30분씩, 리허설 시간을 정확하게 지켰다. 경연 아닌가? 가수들은 점점 더 긴장하기 시작했다. 갑자기 백지영이 리허설 반주를 중단시켰다.

"선생님, 귀가 잘 안 들려요. 가사도 아무것도 생각이 안 나요."

얼마나 긴장을 했으면 귀가 안 들렸을까? 나는 우는 그녀를 다독여주었다.

"백지영 씨는 잠깐 쉬고, 다음 가수 리허설 들어갑시다!"

이후, 밥을 먹지 못하거나 목소리가 잘 나오지 않거나 탈

나지 않은 가수가 없을 정도로 긴장이 극에 달했다. 각 가수의 방에서는 목 푸는 소리가 요란하게 들려왔다.

"아아아아."

"루루루루루."

"푸르르 푸르르."

목 푸는 소리와 방법들도 정말 다양했다.

진짜 가수, 진짜 노래

500명의 청중 평가단이 입장하기 시작했다. 명찰을 가슴에 달고, 설레지만 근엄한 표정으로 각각 자리에 앉았다. 불과 1주일 만에 30만 명이 신청할 정도로 치열한 경쟁을 뚫고 들어왔으니 자부심도 한몫한 모습이었다. 사실 나가수의 주인공은 가수도 아니고 스태프도 아니었다. 관객이야말로 나가수를 결정지을 주인공이다. 나는 녹화 직전 이들 앞에 섰다.

"청중 평가단 여러분! 여러분이 〈나는 가수다〉를 만듭니다. 귀를 열고, 마음을 열고, 가슴에서 우러나오는 솔직한 평가를 부탁드립니다. 지금부터 녹화를 시작하겠습니다."

우레와 같은 박수 소리와 함께 〈나가수〉의 첫 녹화를 시작했다.

'이소라야, 이소라. 진짜네.'

이소라가 어둠을 뚫고 모습을 드러내자 열렬한 함성과 함께 박수가 터져 나왔다. 이소라가 준비된 바 의자에 앉아서 숨을 고르기 시작했다. 장내는 순식간에 조용해졌다. 공개홀 전체에 감도는 긴장감 때문이었을까? 이소라의 거친 숨소리는 좀처럼 사그러들지 않았다. 객석에서 작은 소리가 들려왔다.

"소라 씨, 힘내세요!"

응원과 격려의 박수가 다시 쏟아졌다. 이소라는 심호흡을 크게 한 번 하더니 연주자를 쳐다봤다. 반주가 시작됐다. 한 소절, 두 소절, 장내는 오로지 한 사람, 이소라에게 집중됐다. 마침내 노래가 시작됐다.

바람이 분다.

서러운 마음에

텅 빈 풍경이 불어온다.

이소라의 쓸쓸하고 서러운, 매력적인 보이스가 그 자리에 있는 관객을 한순간에 압도했다. 나는 본능적으로 관객들의 표정을 살폈다. 얼음. 전 객석은 정말 얼어붙어 있었다. 지금까지 어디에서도 이렇게 노래에 집중하는 관객을 본 적이 없다. '성공했다!' 이소라가 부르는 노래의 첫 소절을 들으면서, 나는 〈나가수〉가 성공했음을 확신했다.

잔인한 서바이벌

"나가수 봤어?"

첫 방송 후 〈나가수〉는 전 국민의 관심사 1순위로 떠올랐다. 어디를 가든 이소라의 「바람이 분다」와 백지영의 「무시로」가 흘러나왔다. 거리에서 들리는 노래의 거의 전부가 〈나가수〉에서 부른 노래들이었다. 이래도 되는 거야? 감당할 수 없을 정도로 우리는 성공했다. 첫 방송은 서바이벌이 아닌 전초전 무대였음에도 이 정도니, 본격적인 서바이벌 무대에는 상상을 초월한 관심이 쏟아질 것이다.

경연 첫 녹화. 정말로, 일곱 명의 가수는 글자 그대로 전력을 다해 노래했다. '진짜 가수'들이 최선을 다한 무대는 말 그대로 환상적이었다. 현장에서 최고의 음향 장비로 들을 수 있었던 청중 평가단은 더 황홀했을 것이다. 눈물을 흘리는 청중도 아주 많았다. 최고 가수 7명의 무대가 끝나고, 드디어

500명의 평가단이 첫 번째 선택을 했다. 집계는 신속하게 이루어졌고, 1위부터 7위까지 순위가 확정됐다. '누가 1등일까?' 보다는 '누가 떨어질까?'가 궁금한 서바이벌 프로그램. 초미의 관심사는 '누가 7등일까'였다.

"국장님, 어떻게 해요? 김건모가 7위예요."

집계가 끝나자 큰 소란이 일어났다. 당황한 작가들이 달려왔다. 당황스러웠다. 청중 평가단의 첫 번째 선택이 김건모라니! 이유가 뭘까? 무대에서 장난스럽게 바른 립스틱이 화근이었다. 가뜩이나 진지한 〈나가수〉 무대에는 어울리지 않는 행동이었다. 청중 평가단에게는 납득할 수 없는 행동이었고, 그것은 결과로 나타났다.

"어떻게 해요, 국장님?"

"뭘 어떻게 해? 탈락이지."

나는 마음을 단단히 먹었다.

"집계표 가져와!"

심호흡을 한번 했다.

"자, 가수들 무대로 집합시키고 녹화 시작하자!"

가수들을 다시 불러 모았다. 모두의 얼굴에 긴장한 기색이 역력했다. 견디기 쉽지 않은 시간이 가수들에게도, 나에게도 다가왔다.

"자, 발표 시작하겠습니다."

스태프들의 걱정 속에 발표하기 시작했다.

"1위부터 발표하겠습니다. 1위, 윤도현."

윤도현이 압도적인 득표로 1위를 차지했다. 자, 이제 7위를 발표해야 한다. 이소라, 백지영 등 누가 탈락하든 충격적인 일이었다. 나도 상황이 이렇게까지 긴장될지는 몰랐다.

"이제 한 분이 〈나가수〉 무대에서 첫 번째로 탈락하게 됩니다."

나는 눈을 질끈 감았다.

"7위를 발표하겠습니다. 발표되지 않은 분들은 자동으로 이 무대에 남을 수 있습니다. 7위는?"

김건모의 얼굴을 차마 볼 수 없었다.

"7위. 김건모."

'오 마이 갓……'

그의 입술이 믿을 수 없다는 듯 움직였다. 누가 먼저랄 것도 없이 무대가 소란스러워졌다. 가수들은 정말 동요했다. 도저히 녹화를 끌고 갈 상황이 아니었다. 사태를 수습하기 위해 녹화를 잠시 중단했다.

"잠깐 쉬었다 갑시다!"

그리고 즉시 스태프 회의를 소집했다.

〈나가수〉는 예능이다. 다큐가 아니다. 시청자들도 그렇게까지는 엄격하지 않을 것이다. 재도전 기회를 준다면 당연히 여론이 들끓겠지만, 다음 주에 환상적인 재도전 무대가 방송되고 나면, 시청자들도 이해해 줄 것이라고 생각했다.

"김건모에게 재도전 기회를 주기로 했습니다."

나는 회의에서 나온 결론을 발표하고 녹화를 마쳤다.

불안했다. 재도전이 과연 올바른 선택이었을까? 이 방송이 나가면 시청자들의 반감이 얼마나 거셀까? 어떻게 하든 1주일만 버티자. 재도전 무대의 완성도를 믿는 수밖에. 김건모의 멋진 무대가 방송되면 시청자들도 조금씩 누그러들 것이라고 확신했다. 그러나 내 생각은 심각한 오판으로 드러났다.

원칙을 뭉갤 수 있는 사람은 없다

첫 방송이 나가자 핵폭탄급 충격이 시청자들을 덮쳤다. 그리고 첫 번째 타격이 채 가시기도 전에, 시청자들은 두 번째 펀치를 맞았다.

"재도전의 기회를 주겠습니다."

"선배, 이건 말도 안 돼요. 어떻게 그런 어처구니없는 결정을 했어요?"

방송이 끝나자마자 후배 PD나 기자들이 전화를 해댔다. '예능 프로인데 설마' 했던 나의 오산이었다. 〈나가수〉의 분위기는 이미 다큐멘터리 이상으로 엄격해져 있었다. 후에 보도된 내용이지만, 이명박 대통령이 국무회의에서 〈나가수〉를 언급하면서 사회적 공정성을 강조했다고 한다. 이것만 보아도 재도전이 얼마나 국민적 분노를 자아냈는지 알 수 있다. 이 세상 어디에도 원칙을 무시할 수 있는 사람은 없다. 더군다나 내가 만든 원칙 아니었던가? 통탄할 일이었다.

PD를 경질하라는 여론이 비등했다. 나를 경질해야만 〈나가수〉가 살 수 있는 상황이었다. 하지만 경질만은 피해야 했다. 내가 경질되면 특급 가수들의 통제가 불가능할지도 모른다는 불안감에 임원들을 설득했다. 임원들은 내 말을 이해했다. 그러나 몇 시간 뒤, 사장이 경질을 결정했다는 소문이 돌았다. 김재철 사장이 청와대로부터 전화를 받았다는 등의 얘기도 떠돌았다. 그날 오후, MBC는 PD 경질을 전격적으로 발표했다.

"김영희 PD 교체, 〈나가수〉 하차!"

임재범이 이렇게 멋있었어?

PD 경질이 발표되자 신기한 일이 벌어졌다. PD 동정론이 일기 시작한 것이다. 실제로 PD 경질 찬반을 묻는 인터넷 여론조사에서는 놀랍게도 70대 30으로 경질 반대라는 결과가 나왔다. 시청자들은 김영희 PD의 복귀를 원하기 시작했다. 그날 밤, 내가 경질되었다는 것을 알게 된 사람들이 전화로 나를 격려하고 응원했다. 나영석 PD도 전화해서 나를 위로 했다.

"이럴 수가 있어요? 예능을 다큐로 받아들이는 현실이 개탄스럽습니다."

시청자들은 김영희 PD에게 다시 한번 기회를 주라고 목소리를 높였지만, 일은 이미 끝난 뒤였다.

가수들의 동요가 가장 문제였다. 특히 이소라가 그만두면 나가수는 답이 없었다. '나를 위한다면, 〈나가수〉를 살려달라'고 그녀에게 간곡히 부탁했다.

"결국 〈나가수〉를 성공시켜야 모두가 행복한 거겠죠?"

이소라의 MC 잔류 결정은 〈나가수〉 재기에 엄청난 힘이 되었다. 후임 PD로 신정수 PD를 내정했다. 그는 〈세시봉 특집〉을 성공시킨 음악 전문 PD답게, 〈나가수〉 재건에 의욕적으로 달려들었다. 그리고 1개월 후, 〈나는 가수다〉는 국민적 관심 속에 다시 방송을 시작했다.

〈나가수〉는 여전히 최고였다. 일곱 명의 가수가 최선을 다한 일곱 개의 무대는 대한민국을 사로잡았다. 임재범을 비롯하여 박정현, 김범수 등 스타들이 줄줄이 탄생했다. 특히 임재범의 등장에 시청자들은 열광했다. "임재범이 이렇게 멋있었어?" 그가 만든 첫 무대 「여러분」은 그야말로 영화보다 더 영화 같았고, 이른바 슈퍼스타 탄생의 순간이었다.

나는 너의 영원한 형제야,

나는 너의 영원한 노래야.

나는 나는 나는 나는 너의 기쁨이야.

그때 〈나는 가수다〉는 우리 모두의 기쁨이었다.

일하는 시간이
행복한 시간이 될 수 있을까?

<나가수> 첫 방송이 다가오면서 편집에 전력을 기울였다. 막바지에 이르자 꾸벅꾸벅 조는 PD들이 속출했다. 몇 개월 동안 쪽잠을 자면서 버텨온, 한계에 부딪힌 편집실 풍경이었다. 그야말로 탈진 상태. 안쓰럽기도 하고 미안하기도 했다. 그리고 뭉클했다. 이병혁 PD, 김남호 PD, 문경태 PD, 그리고 전세계 PD, 그 누구도 맘 편히 지낸 날이 하루도 없었을 것이다. 첫 방송 당일, 방송 2시간 전에야 방송 테이프를 넘겼다. 이제 우리가 할 수 있는 일은 더 이상 없다.

나란히 방송국 복도를 걸어 나오며 그들을 쳐다봤다. 180cm 장신의 잘생긴 얼굴들엔 며칠 동안 깎지 못한 수염이 덥수룩했다. 작업복을 걸친 초췌한 몰골이었지만 멋있게 보였다. 자랑스러웠다. 말하기 힘든 감동이 밀려들었다. '그래, 나는 이걸로 됐다.'

"수고들 했다. 맥주 한잔 할까?"

"그럴까요?"

그날 우리가 간 호프집 텔레비전에는 하나같이 <나가수>가 틀어져 있었다. 방송이 시작되자 손님들의 눈은 마치 누가 시키기라도 한 것처럼 <나가수>를 향했다. 우리는 그 모습을 보며 소맥 500cc를 한숨에 들이켰다.

"국장님, 한 잔 더 하시죠."

"그래야지. 저거 우리가 만든 거다, 하하하."

<나가수>를 만들어낸 4개월. 이들과 함께한 4개월이 내 PD 인생 중 가장 행복한 시간이었다.

끝나지 않은 <나가수>

남미로 떠났다. 갈라파고스로, 파타고니아로, 이스터섬으로, 남미 구석구석을 누볐다. 쿠바, 페루, 칠레 어디에서 무엇을 접하든 좋았지만, 아르헨티나의 탱고가 특히 여행 내내 나를 사로잡았다. 열정적인 춤사위와 강렬한 댄서의 눈빛은 애처로울 정도로 아름다웠다. 춤이 끝나면 사라질지도 모를 사랑이지만 자신을 불태우는 춤. 탱고는 그들의 마지막 용기였다. 열정과 용기라는 화두를 가지고 남미를 누빈 두 달이 화살처럼 지나갔다. 그 무렵, <나가수>가 한국 방송을 석권하고 있다는 소식이 들려왔다.

남미에서의 마지막 날, 파나마의 모퉁이 이발소에서 머리를 잘랐다. 석양이 질 무렵 숙소로 돌아오는 길에 거짓말같이 빗방울이 떨어졌다.

머리를 자르고 돌아오는 길에,

하늘이 젖는다. 찬 빗방울이 떨어진다.

「바람이 분다」의 노랫소리가 바람에 살랑거리며 나를 따라왔다. 그렇다. 〈나가수〉의 굴곡으로 점철된 나의 시간은 아직 끝나지 않았다. 한국으로 돌아온 나는 〈나가수 시즌 2〉를 다시 준비해야 했다.

가야만 하는 길이 있다

〈나가수〉 시즌 2의 가왕전이 한창이었던 12월, 후난위성湖南衛視(후난위성텔레비전. 중국을 대표하는 오락 프로그램 방송사-편집자 주)에서 〈나가수〉 견학을 왔다. 〈나가수〉의 포맷을 샀다면서 후난위성의 고위층이 지도를 부탁해왔다. 별로 내키지 않았지만, '플라잉 PD'(Flying PD, 판권이 수출된 경우, 제작 연출

의 지도 자문을 위해 다른 나라를 오가는 원제작사의 PD-편집자 주)

라는 독특한 형태의 업무가 나의 호기심을 자극했다. 우리나

라 최초로 '플라잉 PD'가 된 나는 일주일마다 한국과 중국을

날아다니며 연출을 진행했다. 몇 개월 후, 후난위성의 〈나는

가수다〉인 〈워스꺼쇼我是歌手(아시가수)〉는 중국 전체에서 엄청

난 시청률을 기록하며 대성공을 거두었다. 나는 한국의 유능

한 연출자로 중국에서 인정받기 시작했다.

　그다음 해, 〈워스꺼쇼 시즌 2〉에서 나는 더원을 중국 무대

에 진출시켰다. 더원은 최고의 가창력으로 순식간에 중국 무

대를 장악했고, 중국 팬들은 노래 잘하는 한국 가수에게 열광

했다. 중국에서 인기를 얻은 더원은 '대륙의 사나이'가 되어

갔고, 김영희라는 이름도 점점 중국에 깊이 각인 되어가고 있

었다.

　〈나가수〉라는 인생의 한 변곡점에서 불어온 거센 바람이

서쪽 대륙을 향해 세차게 날아가고 있었다. 인생엔 가야만 하

는 길이 있다.

진심, 마음을 움직이는 것

나는 2박 3일, 시간이 없을 때 1박 2일로 중국을 다니기 시작했다. 이때까지만 해도 중국의 예능은 하나부터 열까지 일일이 가르쳐주어야 하는 초보 수준이었다. 미술, 조명, 카메라는 물론 작가들까지 기초부터 가르쳐야 했다. 피곤했다. 대충 때우다가 돌아올까도 생각했다. 그러나 뜻대로 되지 않는 것이 세상사라고 했던가? 첫 녹화의 마지막 날 밤에 나는 운명 같은 눈빛을 마주했다.

한 작가가 나에게 다가왔다. 역시나 하찮은 것을 물어보는 것이었는데, 작가의 손에는 노트와 연필이 꼭 쥐어져 있었다. 나의 말을 한마디도 놓치지 않으려는 듯, 그녀의 초롱초롱한 눈빛은 오랫동안 느껴보지 못했던 간절함을 품고 있었다. 그러고 보니 나에게 질문을 해오는 스태프들은 CP이든, 말단 FD이든, 모두가 이런 눈빛을 하고 있었다. 나에 대한 존경과 신뢰, 반드시 중국판 나가수를 성공시키겠다는 열정이 그들의 눈빛에 녹아있었다. 그 순간 표현할 수 없는 무엇인가가 가슴에 뭉클거렸다. 나는 이런 그들을 외면할 자격이 있는가? 미안한 감정이 밀려왔다. 그들의 진심이 내 마음을 움직였다.

\<워스꺼쇼\>

저녁 6시면 퇴근하던 공산주의 국가의 스태프들이 날 밝을 때까지 방송국을 뛰어다녔다. 실수하는 스태프에게는 호통을 쳤다. 이제 그들은 내 눈빛만 보고도 뛰어다녔다.

"청중 평가단의 표정이 중요한데 왜 촬영을 하지 않는 거야?"

급한 김에 한국말로 소리치면, 신기하게도 카메라를 들쳐 메고 뛰었다. 잘하는 스태프들에게는 반드시 엄지 척을 해주었고, 그들도 수줍은 듯 엄지를 들어 화답했다. 뿌듯했다.

원팀, 나와 중국의 스태프들은 하나의 팀이 되었다. 모두가 똘똘 뭉쳐 첫 녹화를 끝냈으니, 후난위성의 〈워스꺼쇼〉가 성공한 것은 당연한 결과였다. 놀라지 마시라. 보통 전국 시청률이 1%만 돼도 성공이라는 중국인데 〈워스꺼쇼〉는 2.7%가 나왔다. 엄청난 성공이었다. 만나는 사람마다 나에게 "쎼쎼谢谢"를 남발했다. 그리고 12번째 마지막 방송은 4.3%라는 경이적인 시청률을 기록했다. 중국 전체가 깜짝 놀랐다.

이것이 사건의 발단이었다. 한국에서 온 예능 PD '김영희'. 내 이름 석 자가 중국의 방송계에 유명해지면서 나의 PD 인생이 소용돌이치기 시작했다. 하지만 이때까지도 나는 내 인생이 그렇게 많이 변할 거라고는 꿈에도 몰랐다.

중국 방송사의 회장은 어떨까?

김 국장. 언제부턴가 후난위성에서 나를 이렇게 부르기 시작했다. 그 '김 국장'이라는 말은 후난위성의 어느 곳을 가든, 어떤 일을 하든 위력을 발휘했다. "김 국장이 말했다."는 반드시 이행해야 하는 미션이 되었고, 전가의 보도처럼 쓰였다. 방송은 내가 원하는 대로 제작되었고, 마지막 생방송은 전대미문의 시청률을 기록하며 화려한 피날레를 장식했다.

밤 12시. 생방송이 끝나자마자 성공을 축하하는 종방연이 열렸다. 학교 운동장만큼 커다란 호텔 연회장은 가수들과 스태프들로 북적댔다. 대략 1천 명. 시끄럽기도 하고 피곤하기도 하여 잠시 머무르다가 조용히 호텔 방으로 돌아와 쉬려는데, 의외의 전화가 걸려왔다. 후난위성의 최고 경영자인 L 회장이 나를 보고 싶어 한다는 것이었다. 고마움도 표시하고 얘기도 나누고 싶어 하니 종방연 장소로 다시 와달라고 했다. L 회장? 그는 지금까지 만나본 적이 없는 데다가, 후난위성 1인자이기도 하니 한번 보고 싶은 생각이 들었다. 중국의 방송사 회장은 과연 어떤 사람일까? 궁금증이 일었다.

유혹, 중국으로 오세요!

후난위성은 중국 전체 시청률 1위의 막강한 미디어 그룹이다. 중국의 시청 대상 인구는 적어도 15억 명, 방송 시장 규모는 한국의 10배에서 최대 100배다. 후난위성은 CCTV라고 불리는 중국중앙방송과 전국 50여 개 위성방송과 경쟁해 10년 가까이 압도적 1위를 유지하고 있는 정말 대단한 방송사이다. 이런 후난위성의 권력자 L 회장이 나에게 감사 인사를 하고 싶다니!

종방연장으로 돌아가 통역의 안내를 받아 헤드 테이블로 갔다. 출연 가수들에 둘러싸여 얘기를 나누고 있던 L 회장은 나를 보더니 환하게 웃었다.

"〈워스꺼쇼〉가 성공해서 기쁩니다. 김 국장이 수고한 덕분입니다."

"별말씀을요. 후난위성의 스태프들이 잘한 덕분입니다."

의례적인 말이 오고 갔다.

"김 국장님, 오늘 밤은 맘껏 드십시오, 깐베이!"

"깐베이!"

술잔이 오가며 분위기가 무르익자 L 회장은 악수를 청했다.

"저는 먼저 일어나겠습니다. 김 국장님, 이제 후난위성으로 오세요, 하하하."

그 자리에 있던 모든 사람이 웃었지만, 1년 후, 나는 이 말이 농담이 아니었다는 것을 알게 되었다.

중국, 자본주의보다
더 자본주의적인

<나는 가수다>는 시작에 불과했다. 중국판 <아빠 어디가?>의 성공은 중국 방송가에 메가톤급 충격을 던졌다. 전무후무한 시청률 기록 때문은 아니었다. 어마어마한 매출과 수익 때문이었다. 공교롭게도 중국 방송 시장이 극도로 팽창할 무렵에 터진 한국 예능의 대박은 즉각 매출로 이어졌다. 이전까지 1~2%대의 시청률로 한 시즌 매출 250억 수준이었는데, 중국 <나가수>인 <워스꺼쇼>의 매출이 3배 이상 뛰었으니 기절초풍할 일이었다. 게다가 중국 <아빠 어디가?>인 <빠빠취날?爸爸去哪儿(파파거나아)>은 첫 시즌 매출이 <워스꺼쇼>를 훨씬 뛰어넘었다. 거기에 영화로도 만들어 수백억을 더 벌어들였으니, 한국 예능에 대한 관심이 최고조에 달했다.

한 시즌에만 최소 수백억 매출이니 다섯 시즌이면 최소 수천억, <워스꺼쇼>와 <빠빠취날?> 두 프로를 시즌 5까지 한다면 매출 규모는 조 단위

가 될 수도 있었다(실제로 이 두 프로그램은 2022년, 아홉 번째 시즌까지 진행되었다).

사정이 이러니 '이 두 개의 한국 프로그램을 연이어 성공시킨 한국 감독이 누구인가?'로 중국 시장의 관심이 김영희에게 쏠리기 시작했다. 무엇이든지 돈으로 가치를 매기는 중국에서 나는 나에게 값어치가 매겨지고 있다는 것을 느낄 수 있었다. 나는 자본주의보다 더 자본주의적인 중국의 한복판에 서 있었다.

한국 친구, 중국 친구

H 부사장은 후난위성의 최고 임원이다. 중국에서 압도적인 1위 방송사의 콘텐츠 책임자이다 보니, 중국 방송계의 절대 권력이었다. 그를 한번 만나려면 줄을 서야 할 정도로 위세가 대단했다. 그런 H 부사장과 나는 하루에 점심, 저녁으로 두 번씩 식사했다. 정확히 말하자면, 내가 창사에 머무는 내내 그가 나에게 식사를 대접했다. 한국의 중견 PD가 왔으니 이것저것 정보를 알아내거나, 제작에 대한 의견을 구하려는 목적이 컸을 것이다. 그때마다 나는 성심성의껏 대답해주었고, 연배도 비슷한 우리 둘은 점점 가까워졌다. 마음을 터

놓고 얘기할 정도로 가까워지면서, 소위 말하는 '펑요우朋友', 친구 사이가 되었다. 중국에서 펑요우란 한국과는 달리 훨씬 진지하고 무게감 있는 말이다. 그래서 중국 사람들은 함부로 '내 친구'라는 말을 하지 않는다.

어느 귀국 날, H 부사장이 공항까지 나를 배웅나왔다. 극히 이례적인 일이었다.

"〈워스꺼쇼〉를 성공시켜 주셔서 감사합니다. 김 국장님 덕분입니다."

"점점 잘하는 후난위성의 스태프들이 대견합니다. 오히려 제가 감사드립니다."

훈훈한 인사를 마치고 비행기에 올랐다. 공항까지 배웅나온 이유가 무얼까 궁금하던 차에 그의 문자가 도착했다.

'잘 돌아가시고, 창사에 자주 오세요! 김 국장은 나의 유일한 한국 친구입니다.'

뭉클했다. 그 후 나는 정말로 창사에 자주 가게 되었고, 그도 나의 유일한 중국 친구가 되었다.

부탁은 거절하지 말라

〈워스꺼쇼〉가 성공하고 나서, 나는 중국에서 조금씩 유명해지기 시작했다. 여기저기서 들어오는 강연 요청으로 중국을 오가야 했다. 그러던 중, 베이징에서 강연을 하게 되었는데 MBC 상하이 지사로부터 전화가 왔다. 〈아빠, 어디가?〉의 저작권도 팔았으니 제작 지도를 해달라는 것이었다. 그러나 나는 〈아빠, 어디가?〉의 PD도 아니었고, 굳이 내 시간을 쓸 필요가 없는 사안이었다. 그런데 〈빠빠취날?〉의 첫 녹화 장소가 마침 베이징 근교라는 것이다. 우연이라고 하기에는 너무 여러 가지가 짜 맞추어져 있었다. 나는 베이징에 있고, 녹화 장소는 베이징 근교이고, 나와 친분이 있는 PD와 메인 작가가 〈빠빠취날?〉에 참여하고 있었다. 마음이 흔들리는 찰나, 결정적인 전화 한 통이 걸려왔다.

"〈빠빠취날?〉의 제작진들이 김 국장의 제작 지도를 간절히 원하고 있습니다. 이번 한 번만 도와주시길 간곡히 부탁드립니다."

H 부사장이었다. 펑요우, 친구의 부탁은 거절할 수 없다.

버릇없는 공주와 황제

베이징 근교라지만 촬영지까지 자동차로 4시간을 달려 도착했다. 가 보니 스태프들은 우왕좌왕하고 있었다. 리얼 버라이어티라는 장르가 중국에서는 처음이었으니, 어떻게 찍을지 모르는 것은 당연했다. 출연자들이 버스에서 내리는 것부터 모든 장면을 자연스럽게 있는 그대로 담아내라고 지시했다. 그들은 이해할 수 없다는 눈치였다. 그렇게 하는 것이 왜 재미있는지, 심지어는 그런 것이 어떻게 프로그램이 될 수 있는지 의아해했다. 그러거나 말거나, 나는 연출이 개입하는 것을 철저히 막으며, 있는 그대로 촬영하도록 했다. 아빠와 아들, 혹은 딸과의 관계가 점점 리얼해지기 시작했다.

아이들은 예쁘고 귀여웠다. 하지만 버릇이 없었다. '한 집, 한 자녀 정책'에 의해 모든 아이가 공주나 황제처럼 키워진다고 하여 '소황제', '소공주'라는 말까지 생겼으니, 버릇없는 게 당연했다. 그러나 버릇없는 만큼 톡톡 튀는 재미가 있었다. 완전 대박이었다. 물론 우려되는 부분도 있었다. 아이들이 너무 버릇이 없으면 시청자들에게 손가락질 받을 수도 있고, 교육의 문제점을 드러낸다고 당국에서 방송금지조치를 내릴지도 모른다. 아빠들에게 당부의 말을 해야 한다고 생각했다.

나의 몸값은 얼마일까?

아이들이 곯아떨어지자 연예인 아빠들을 만났다.

"오늘 녹화가 한국의 〈아빠, 어디가?〉보다 훨씬 잘 됐다. 당신의 아들, 딸이 정말 귀여웠다. 그러나 지나치게 버릇이 없다면 시청자들이 아이들을 예뻐하지 않게 된다. 아이가 사랑받게 만들어 달라."

이 말은 즉시 효력이 나타났다. 다음 날 아침부터 아이들은 조금씩 아빠 말을 듣기 시작했고, 지나치게 밉상인 장면은 나오지 않았다. 물론 나오더라도 편집에서 잘라냈다.

첫 방송이 나가자마자 6명 아이들은 모두 스타가 되었다. 3.7%라는 역대 최고 시청률을 달성했고, 곧 CF는 이들로 도배되었다. 공항, 역, 전철 안까지 모니터에는 〈빠빠취날?〉의 화면과 주제가가 흘러나왔다. 그야말로 대륙을 강타한 것이다. 방송 3회 만에 시청률이 5%를 넘더니, 12번째 마지막 방송은 무려 6.2%를 돌파하며 중국 방송 사상 전무후무한 대기록을 세웠다.

〈빠빠취날?〉의 광풍이 중국 대륙에 몰아칠 때, 중국 방송가에는 나에 관한 소문이 돌기 시작했다.

"미다스의 손 김영희, 손대는 것마다 성공."

과장과 허풍으로는 세계 최고라는 중국답게 '예능의 신, 김영희', '아시아의 예능 대부, 김영희'라는 낯 뜨거운 표현들이 신문과 인터넷에 떠돌았다. 심지어 이름도 들어보지 못한 사람들이 나와 식사를 했다는 얘기가 내 귀까지 들려왔다. 어쨌든 2013년 여름, '김영희'라는 브랜드가 중국 방송계에 굳건히 자리 잡은 것은 사실이었다. 아니나 다를까, 나를 만나고 싶다는 연락이 여기저기서 쏟아졌다. 중국 진출의 서막이 오른 것이다. 그때 문득 궁금해졌다.

나의 몸값은 얼마일까?

큰일은 인연이 있어야
이루어진다

베이징의 제작사 사장이 창사로 날아왔다. 내가 원하는 것은 무엇이든 들어줄 테니 합작하고 싶다는 것이었다. 그의 제안은 다른 곳에서 받은 조건들에 비해 엄청난 것이었지만 섣불리 대답할 수 없었다. 사실 그때까지도 중국 진출에 대한 확신이 서지 않은 것, 그게 이유였다.

베이징의 한 호텔로 그가 다시 찾아왔다. 이번에는 중국 방송계의 실력자를 대동하고, 초호화 식당을 예약해서. 결판을 내려는 듯했다. 밤 늦은 시간까지 술잔을 기울이며 자신의 계획과 비전을 설명했지만 나는 여전히 주저했다. 결국 그가 가져온 바이주를 다 먹을 때까지 결론이 나지 않자, 그는 병에 쓰여 있는 빨간 글씨를 읽어 주며 다음을 기약했다.

성대사, 필유연成大事, 必有緣.

큰일은 반드시 인연이 있어야 이루어진다.

중국에서 나의 인연은 누구일까?

달라는 대로 준다

여기저기서 전화가 왔다. 내게 중국 진출의 서막이 열리고 있음은 분명했다. 이렇게 쇄도하는 영입 요청의 배경은 당연히 돈, 돈이다. 더 정확히 말하자면 내가 벌어다 줄 '많은' 돈이다. 중국 〈워스꺼쇼〉의 한 시즌 매출이 수백억 원을 넘으니, 김영희를 영입해서 한 프로그램만 성공시켜도 어마어마한 돈을 벌 수 있게 된다. 그러니 나를 영입하는 것이 그들에게는 해 볼 만한 장사였던 것이다. 공교롭게도 중국 방송 시장의 규모는 당시 엄청나게 몸집이 커진 상황이었으니 '김영희의 몸값은 달라는 대로 준다'는 말이 공공연하게 나돌 정도였다. 실제로 나를 영입하려는 사람들로부터 이 말을 직접, 여러 번 들었다.

"얼마를 원하십니까?"

꿈인가? 생시인가?

"상하이에 한번 와 줄 수 있습니까?"

H 부사장이었다. 전격적인 요청에 무슨 일인지 궁금했다.

"무슨 특별한 일이 있습니까?"

"하하, 직접 뵙고 말씀드리겠습니다."

분명 무슨 중요한 일이 있다고 직감했다. 상하이로 날아갔다. 황푸강 넘어 불어오는 밤바람은 습기를 머금어 무더웠다. 강 건너편 푸동의 황홀한 야경에 취해있던 나에게 H 부사장이 조심스럽게 말을 꺼냈다.

"중국에 다니신 지 1년이 넘으셨지요?"

"1년 6개월쯤 된 것 같습니다."

"중국에는 적응을 좀 하셨습니까?"

"음식도 입에 맞고, 사람들도 좋고, 중국이 점점 좋아지네요, 하하하"

웃으면서 '하오, 하오好'를 연발하던 그가 뜻밖의 말을 꺼냈다.

"우리 후난위성으로 와 줄 수 있습니까?"

갑자기 멍해졌다. 1년 전 '이제 후난위성으로 오라'고 한 L 회장의 말이 농담이 아니었던 것이다.

"후난위성의 부사장급 최고 고문으로 모시겠습니다."

이미 후난위성 내부적으로는 조율을 마친 것이 분명했다. 이게 꿈인가 생시인가 싶었다. 그러나 그건 MBC를 떠나야 하는 큰일이었다. 시간을 좀 달라고 말하려는 그때, 큰물에서 한번 놀아보고 싶다는 내 마음을 정확히 파악한 그가 한마디를 덧붙였다.

"김 국장님은 이제 큰 시장으로 오셔야 합니다."

몸값보다 중요한 것

"김 국장님의 결정만 있으면 바로 성사될 겁니다."

사회주의 국가에서 외국인이 방송사의 임원이 된다는 것은 상당히 까다로운 일이다. H 부사장의 말은 이미 많은 것을 해결했다는 뜻이다. 이어서 그는 단도직입적으로 나의 이적료를 제시했다.

"지금 국장님이 MBC에서 받는 연봉의 수십 년 치를 드리겠습니다. 한국 최고의 PD에게는 미흡하겠지만, 우리의 우정을 봐서 긍정적으로 검토해주길 바랍니다."

그렇다. 후난위성에서 평가한 나의 몸값은 현재 연봉의 몇십 년 치 연봉이었다. 솔직히 말하자면, 나에게는 N년 치 연봉보다는 15억 시청자를 대상으로 하는 큰 시장, 그리고 거기에서 1등인 방송사라는 조건이 훨씬 더 매력적이었다. 세계가 주목하는 '글로벌 프로듀서'가 될 수 있는 기회 아닌가?

"한국으로 돌아가서, 집사람과 잘 상의해 보겠습니다."

그가 레드와인을 따르며 건배를 제의했다.

"깐베이."

"깐베이."

마오타이毛台酒 50년 산

집사람은 놀랐다. 먼저 몇십 년 치나 되는 연봉 제시에 놀랐다. 그다음에는 이적료 외에 비서 2명, 기사 딸린 차량, 주택, 가사도우미, 생활비 월 400만 원 별도까지 딸린 상당한 대우에 놀랐다. 그래도 가기로 결정하기엔 걸리는 것이 너무 많았다. 나의 인생과 다름없는 MBC에 사표를 내야 하고, 나를 만들어 준 한국의 시청자들을 떠나야 한다. 더군다나 중국에서 실패한다면? 머리가 복잡해졌다. 집사람은 오히려 대범했다.

"여보, 당신 정말 중국에서 제작하고 싶어?"

"하고 싶어."

"그러면 하세요!"

단순 명쾌한 결론이었다.

"내일, 창사에 같이 가서 H 부사장을 한번 만나봅시다."

3시간 날아서 도착한 창사공항은 그날따라 유난히 무더웠다. 분지에 자리 잡은 창사는 믿기지 않을 만큼 후덥지근했다. 집사람도 적응하기 힘든 눈치였다.

"여름만 지나면 좀 나아져."

창사를 좀 옹호하려 했지만, 집사람은 기후부터 맘에 들지 않는 얼굴이었다.

H 부사장은 그날 저녁 창사 제일의 식당으로 우리 두 사람을 안내했다. L 회장, J 사장까지 참석하는 환영 만찬이 준비되어 있었던 것이다. 자리가 무르익자 술에 얼큰히 취한 J 사장이 말했다.

"다음번에는 마오타이 50년 산으로 하겠습니다."

"네? 50년 산이요?"

마오타이 50년 산이면 수천만 원을 호가할 뿐만 아니라, 진짜를 구하는 것 자체가 하늘의 별 따기인, 중국의 특산 술이다.

"내가 진짜를 가지고 있습니다. 하하하."

마치 영입이 결정된듯한 화기애애한 분위기가 흘렀다.

"자주 볼 수 있기를 기대합니다."

L 회장의 인사를 뒤로하고, H 부사장은 호텔까지 우리를 배웅했다.

"내일 아침 도장을 찍으시면, 이적료가 바로 입금될 겁니다."

수십억 원을 발로 차다

호텔에 도착하자마자 누가 먼저랄 것도 없이 집사람과 나는 맥주를 들고 마주 앉았다. 집사람이 차분하게 입을 열었다.

"여보, 우리 잘하고 있는 걸까?"

아직 뭔가 부족한 것 같다, 아무리 대우가 좋다지만 결국 후난위성의 임원 아닌가, 아무리 십수억 연봉이라지만 굳이 중국까지 와서 월급쟁이 생활을 또 할 필요가 있나. 여기까지 얘기하던 집사람이 확인하려는 듯 운을 뗐다.

"당신의 꿈은 세계적인 프로듀서 아니었어?"

"그렇지."

고개를 끄덕이는 나에게 집사람이 어렵게 물었다.

"여보, 내일 도장 안 찍을 수 있어?"

아주 곤란할 일이지만 최종 결정은 내가 하는 것이다.

"안 찍을 수 있지."

"그럼 찍지 말고 돌아가자."

집사람의 말에 맥주를 벌컥벌컥 들이켰다. 나도 집사람도 잠을 이룰 수 없었다. 내일 한국으로 돌아가면 중국 진출은 이제 어려워지겠지? 하지만 아무리 생각해도 집사람 얘기가 맞다. 이왕 중국에 진출하려면 내 이름을 걸고 진출하는 것이 맞지. 그래도 그렇게 단순명쾌하게 정리될 일이 아니었다. 집사람도 심란한 마음을 어쩌지 못하는 듯했다.

"여보, 우리 잘 하는 걸까?"

"글쎄, 그래도 제작자로 진출하는 게 맞는 것 같아."

우리는 뜬눈으로 밤을 지새웠다.

"긴히 드릴 말씀이 있습니다."

날이 밝자마자 H 부사장에게 전화했다. 호텔 찻집에서 담당자들이 배석한 가운데 그와 마주 앉았다.

"죄송한 말씀을 드려야 하겠습니다."

불안한 기색이 역력한 H 부사장에게 단도직입적으로 말했다.

"오늘 도장을 찍을 수 없을 것 같습니다. 좀 더 생각해보겠습니다."

배석한 변호사와 계약 담당자는 기절초풍했다. 거의 불가능한 일을 성사시켜놓았는데, 이러는 이유가 뭐냐고 따져 물었다. 오히려 가장 당황해야 할 H 부사장은 침착했다. 대인의 풍모였다.

"중국 진출에 아직 확신이 들지 않은 것으로 이해해도 되겠습니까?"

"그렇게 이해해주시면 고맙겠습니다."

자신에게 곤란한 일이 생길 것을 알면서도, 나를 우선 배려한 그가 정말로 고맙고, 미안했다. 깊이 사과했다.

"죄송합니다. 짜이찌엔再见."

다음 날 아침, 내어준 차를 물리치고 택시를 탔다. 공항으로 가는 내내 침묵이 흘렀다. 집사람도 심사가 복잡하긴 마찬

가지인 듯했다.

"여보, 그냥 찍을 걸 그랬나?"

이제 돌이킬 수 없다는 걸 알면서도 미련이 남는 건 어쩔수 없는 일이다. 내가 웃으며 말했다.

"평생 벌 수 없는 돈 날아갔네, 하하하!"

돌아오는 비행기 안에서도 우리 부부는 내내 말이 없었다. '이제 중국은 물 건너갔다. 미련을 버리자.' 그래, 큰일은 인연이 있어야 이루어진다.

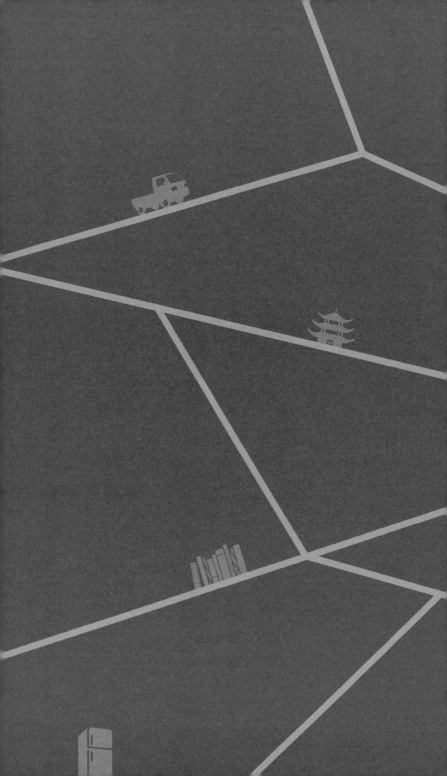

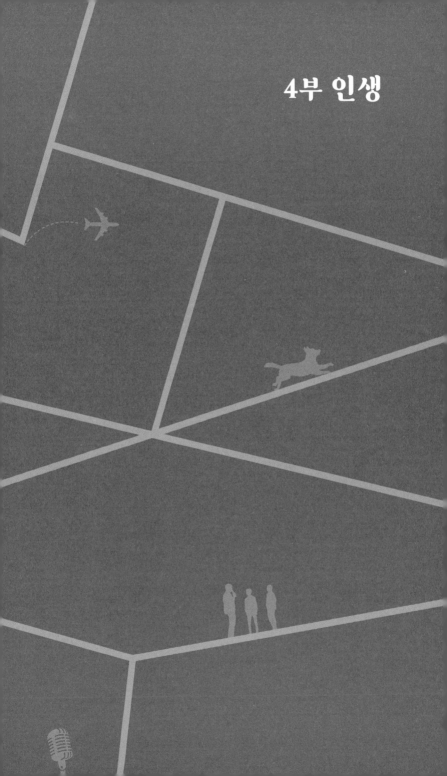

4부 인생

이것이 중국이다

사람들은 중국을 정의하고 싶어한다. 정의하기 어렵기 때문에 더 정의하려고 한다. 좋은 방법이 있다. 속담이나 사자성어를 사용하는 것이다. '해납백천(海納百川, 바다는 어떤 강물도 받아들인다)'은 대륙적 기질을 나타내는 말이다. '산고황제원(山高皇帝遠, 산은 높고 황제는 멀리 있다)'는 대륙의 광활함을 상징하는 말이다. 산도 높고, 땅덩어리도 워낙 넓어서 황제가 도착할 때쯤 천천히 하는 척하면 된다는 비아냥이기도 하다. 더 나아가, 대륙은 워낙 변화무쌍해서 예측하기가 힘드니, 계획 세우기도 어렵다는 말도 있다. 계획은 변화를 따라갈 수 없다. '계획몰유변화쾌(計劃沒有變化快)' 정말 공감이 가는 말 아닌가?

나는 이런 예측하기 힘든 변화무쌍한 세계에 발을 디뎠다.

상하이 특사

그렇게 중국 진출은 물 건너갔다. 후난위성은 물론 H 부사장과의 관계도 점차 소원해졌다. 그런데 그사이 중국에서 묘한 일이 벌어졌다. '김영희가 후난위성에 가지 않는다'는 소문이 중국 전역에 퍼진 것이다. 그 말은 '김영희는 이제 후난위성 독점이 아니다'는 메시지와 다름없었다. 끝났다는 내 예측과는 달리 김영희라는 브랜드는 오히려 상종가를 치고 있었다.

놀랍게도 기업들의 접촉이 시작됐다. 이제는 고용이 아니라 제작사 설립을 위해서였다. 나를 만나기 위해 한국으로 날아온 회장이나 사장만 너덧은 될 정도로 그들은 나를 원했다. 세계적인 영화 제작사 D사에서도 적극적인 콜이 왔다. D사의 C 회장을 베이징에서 두 번 만났다. 호탕한 C 회장으로부터 영입 의지를 확인한 후, H 부사장을 떠올렸다. 최종 결심을 하기 전에 그의 의견을 들어봐야 할 것 같았다. 그의 위치라면 지금의 상황쯤은 이미 알고 있을지도 모른다.

그에게 전화했다. 오랜만의 전화인지라 서로의 안부가 오가고 나서, 용건으로 들어갔다.

"최종 D사로 결정하려는데 괜찮겠습니까?"

곰곰이 생각하던 그가 대답했다.

"잠시 시간을 주십시오."

내가 중국에 진출하는 것은 중국 방송계에도 중요한 일이니, D사 주변을 조사해 보겠다는 뜻이었다. 신중한 그의 태도는 나에게 변함없는 신뢰를 주었다. H 부사장의 의견이라면 나는 어떤 것이든 따르겠다고 마음먹었다.

"D사와 꼭 계약하시려는 건가요? D사도 괜찮지만, 다른 회사를 하나 추천합니다."

며칠 뒤 H 부사장은 의외의 말을 했다. 며칠 후 상하이에서 D사 회장을 만나 결정하기로 했다고 하자, 추천 회사 CEO를 상하이로 보내겠으니 그를 꼭 만나보라고 간곡히 부탁했다.

"D사 회장을 만나 최종 결정은 하지 마시고, 내가 보내는 사람의 말을 잘 들어보시기 바랍니다."

그가 이렇게까지 이야기하는 경우는 극히 드문 일이었다.

"그렇게 하겠습니다."

끝날 때까지 끝난 게 아니다

상하이 하얏트 호텔의 로비는 넓고 시끄러웠다. D사의 C 회장은 최종 합의를 위해서인지 고위 임원을 대동하고 나왔다. 하지만 나는 H 부사장이 권유한 대로 최종 결정을 다음으로 미뤘다. 그러고 나서 H 부사장이 보낸 사람들을 만났다.

"처음 뵙겠습니다. 실례를 무릅쓰고 H 부사장께 부탁해서 꼭 말씀 나누고 싶었습니다."

콧수염을 기른 사람이 대표였고, 머리가 벗겨진 사람이 부사장이었다. 그 회사는 영화와 드라마, 약간의 예능을 제작하는 L사였고, 모기업은 주가 총액이 만만치 않은 중견기업이었다. 모기업의 동의를 얻어 공격적인 투자로 회사를 확장하려 한다고 했다. L사의 콧수염 대표가 야무지게 말을 이어갔다.

"우리 회사는 김영희 국장님이 반드시 필요합니다."

그에게서 패기와 열정이 느껴졌다.

"D사와 최종 단계에 있다고 들었습니다. 우리 L사도 최종 대상에 넣어주십시오."

그러기에는 이미 늦었다고 하자 그들은 이구동성으로 이렇게 얘기했다.

"아직 사인한 거 아니지 않습니까? 끝날 때까지는 끝난 게 아닙니다."

중국의 비즈니스는 이런 건가? 당황스러웠다. 그동안 수없이 들었던 말이 그들의 입에서도 나왔다.

"원하시는 대로 해드리겠습니다."

나 역시 그동안 해오던 말을 다시 했다.

"조건보다는 MBC에서처럼 자유롭게 제작할 수 있는 환경을 나는 원합니다."

그들은 내 말뜻을 바로 알아들었다. 열악한 중국의 제작 환경을 알고 있었던 것. 나름 제작을 해온 회사가 분명했다. H 부사장과의 관계를 생각해서라도 L사를 최종 고려해 보기로 마음먹었다.

"만약 당신들과 계약한다면 모든 조건을 D사와 동일한 수준에서 하겠습니다."

나의 말에 콧수염 대표가 호쾌하게 웃었다.

"더 달라고 하지 않으시니 감사합니다, 하하하."

그들과 헤어지고 나서도 한참 동안 그들의 말을 곱씹었다.

'끝날 때까지 끝난 게 아니다'

게임의 묘미는 역전승

D사냐 L사냐? 선택지가 다시 2개가 됐다. 사실, 솔직히 말하자면 내가 중국에 진출하는 방식도 중요하지만, 중국에 진출하고 난 이후 도움받을 사람도 필요하다. H 부사장만큼 나에게 실질적인 도움을 줄 사람은 없다. 그에게 전화를 걸었다.

"L사를 만났습니다. 조언을 부탁드립니다."

그가 나의 심중을 물었다.

"L사는 어떻습니까? 파트너로서 마음에 드십니까?"

솔직히 어떻게 결정해야 할지 모르겠다고 하며 단도직입적으로 물었다.

"부사장님이라면 어디로 결정하시겠습니까?"

한동안 말없이 생각하던 그가 입을 열었다. 그의 음성에는 신중함이 묻어 있었다.

"나라면 L사로 하겠습니다."

"알겠습니다."

전화를 끊고 L사의 콧수염 대표에게 전화했다.

"베이징에서 만납시다."

포시즌 호텔 6층의 티 카페에는 콧수염 대표와 부사장, L 사의 변호사와 자금 담당 CFO까지 나와 있었다. 그들은 미리 준비해온 서류를 내밀며 하나하나 확정해 나가자고 했다. 만만치 않았다. 계약이라는 것을 처음 해 보는 나로서는 신경이 곤두서는 일이었다. 하물며 내 인생이 걸린 일이니, 한 줄 한 줄에 초집중했다. 오전 11시쯤 시작한 미팅은 밤 10시쯤에야 끝났고, 나와 부사장의 얼굴은 붉게 달아올라 있었다. "김 국장님, 수고하셨습니다. 오늘 밤에 검토해보시고, 내일 사인할 수 있기를 기대합니다."

계약서 초안을 받아들고 방으로 돌아왔다. 기진맥진했지만 잠이 오지 않았다.

갑자기 3배 뛴 연봉과 중국

침대에 걸터앉아 계약서를 들여다봤다. 사인하고 나면 이적료는 3일 이내 지정된 계좌로 입금될 것이며, 그렇지 않을 경우 계약은 무효가 된다는 내용이 마지막 줄에 적혀 있었다. 내일 사인하고 나면, 내가 한국에 도착할 때쯤 엄청난 돈이 입금되어 있을 것이다. 그들과 합의한 최종 보수는 후난위성이 제시한 금액의 3배였다. 액수를 보자 갑자기 엄청난 부담이 다가왔다. 도통 잠을 이룰 수 없었다.

다음날 오후 2시에 시작한 회의는 저녁 8시쯤 마무리되었다. 최종 계약서 4부를 만들기 직전, 콧수염 대표가 뜻밖의 말을 했다. D사 대신 자기 회사를 선택해준 데 대해 감사의 마음을 표시하고 싶다는 것이다.

"하하하, 어떻게요?"

"10억 더 드리겠습니다."

"네?"

'사이닝 보너스'(계약시 연봉 외에 별도로 지급하는 일회성 보상금-편집자 주) 개념이었다.

"우리의 성의입니다, 김 국장님."

계약서에 쓰여있던 연봉이 10억 오른 금액으로 수정됐고,

나는 바로 사인했다.

잠시 후, 우리는 와인 바로 자리를 옮겼다.

"중국 진출을 축하드립니다, 깐베이."

"깐베이!"

'돔 페리뇽' 한 병을 비우면서 H 부사장에게 문자를 보냈다. '지금 L사와 최종 사인했습니다. 덕분에 좋은 회사를 만났습니다.' 잠시 후 답신이 왔다. '축하드립니다. 김 국장님의 중국 진출을 최선을 다해 돕겠습니다. 사모님께도 축하 인사를 전해주십시오.'

방으로 돌아온 시간은 밤 12시. 집사람은 전화를 기다리고 있었다.

"여보, 사인했어? D사야? L사야?"

집사람은 무척 궁금해했다. 나는 뜸을 들였다.

"당신이라면 어디랑 했겠어?"

곰곰이 생각하던 집사람이 입을 뗐다.

"나라면 L사."

"응? 왜?"

"H 부사장님이 소개했잖아."

"하하하, 맞아, L사랑 했어."

"잘했어, 여보. 수고했어."

집사람은 H 부사장의 고마움을 잊지 말자는 말을 빼먹지 않았다. 그래도 사실 나에게 가장 고마운 사람은 집사람이다.

침대에 누우니 지금까지의 일들이 주마등같이 스쳐 갔다. 〈워스꺼쇼〉가 성공한 일, L 회장이 후난위성으로 오라고 한 일, 〈빠빠취날?〉의 연출을 지도한 일, 후난위성과 계약 파기한 일, 중국 회사의 사장들이 한국까지 찾아온 일, 마지막 순간에 L사와 전격적으로 계약한 일들이 생생하게 떠올랐다. '결국, 이렇게 중국에 진출하는구나.' 두려움과 설렘이 교차했다. 예측 불가한 중국은 앞으로 나에게 어떻게 다가올 것인가? 궁금했다. 그러나 나는 그때 이미 중국을 어렴풋이 느끼고 있었다. '내가 계약한 과정, 이것이 중국이다.'

푸른 불꽃과 쌀집

베이징에 합작 법인을 설립했다. 법인의 이름이 B&R이었는데, L사의 이름 중 한 글자와 나의 별명 '쌀집(Rice House)'을 합쳐 지은 것이다. 이 쌀집이 잘 풀리기를 기원하며 법인을 등록하고, B&R의 첫 제작에 착수했다.

중국에서 직접 녹화를 해 보기 전에는 중국이 대륙이라는 것을 실감하지 못한다. 땅이 넓으니 한국처럼 당일치기로 녹화를 한다는 것은 불가능하다. 엄청난 수의 스태프들은 비행기를 전세 내서 이동해야 하고, 녹화 장소의 호텔은 통째로 2~3개 빌려야 한다. 최소 3박 4일간의 식사를 전담하는 주방도 꾸려야 하고, 버스부터 벤츠까지 100대의 녹화 차량을 운행해본 적도 있다.

베이징, 광저우, 홍콩, 심지어 캐나다에서 개별 도착하는 연예인들을 관리하는 전담팀만 30여 명이고, 연출팀, 기술팀, 미술팀, 광고팀까지 조금 규모가 큰 촬영이면 600명을 훌쩍 넘어버려서 숙박과 식사, 이동 계

획을 세우는 것이 흡사 군사작전을 방불케 한다. 중국에서도 나는 야전

사령관이었다.

자가용 비행기

출사표. 중국이라는 낯선 세계로 출사표를 던질 PD가 필요
했다. 실력 있는 PD여야 하고, 동시에 용기를 가진 PD여야
했다. 능력 있는 PD가 합류하느냐, 못 하느냐. 중국 진출의
성패는 PD들에게 달렸다. 〈!느낌표〉와 〈나는 가수다〉 때 같
이 일했던 PD들부터 만났다. 나름 고민들은 있었겠지만, 접
촉한 PD들 대부분은 호기 있게 합류했다.

"한번 해 보죠. 국장님 믿고 갑니다. 하하하."

겁이 덜컥 났다. MBC라는 안정된 직장과 잘나가는 제작
사를 박차고 나온 이들을 책임져야 한다. 우선 좋은 영입 조

건을 만들기 위해 최선을 다했다. 중국까지 가서 월급만 받고 일할 수는 없다. 회사 지분을 PD들에게 주어야겠다고 마음먹었다. 프로그램을 성공시키면 시킬수록, 지분 가치는 엄청나게 커질 것이다.

"너희는 이제 월급만 받는 PD가 아니다. B&R의 주인이다."

내가 가진 지분을 각각의 PD에게 조금씩 나누어 주겠다고 약속했다.

"얘들아, 우리 자가용 비행기 타고 다니자! 하하하."

달리는 호랑이 등에 올라타다

B&R에 합류하기로 한 PD들이 처음으로 한자리에 모인 날이었다. 우리 5명에게는 중국 진출의 서막을 알리는 역사적인 자리였다. 폭탄주가 몇 순배 돌아가고 술기운이 무르익자, 나는 궁금했던 질문을 던졌다.

"너희들, 무슨 맘 먹고 그 좋은 직장에 사표를 던졌니?"

예능 PD들은 진지한 질문도 가볍게 넘기는 재주들이 있다.

"인생 별거 있나요? 큰물에서 한번 놀아 봐야죠. 하하하."

취중진담이라고 더 솔직한 대답도 있었다.

"돈 때문이죠. 하하하."

큰 시장에서 많은 돈을 벌고자 하는 것은 당연했다.

"국장님, 지분 주기로 한 거 진짜죠?"

그렇다고 하자, 시니컬한 PD가 한마디 툭 던졌다.

"안 주면 고소할 거야, 하하하!"

폭소가 끊이질 않았다. 이준규, 이병혁, 김남호, 전세계. 이 4명의 PD는 정말 실력 있는 PD들이었으며, 또한 나를 믿고 따르는 후배들이었다.

이제 주사위는 던져졌고 우리는 달리는 호랑이 등에 올라탔다. 나는 이들과 함께 중국이라는 대륙을 내달려야 했다.

한국에서 먼저 회의를 시작했다. 매일 밤늦게까지 쉬지 않고 아이템을 던졌지만 그게 중국에서 통할 것인지에 대한 확신은 아무도 없었다. 중국에서는 어떤 아이템이 먹힐까? 시작만 하면 결국 '중국에서는 어떨까?'로 끝났다. 뭐가 잘못된 것일까? 우리는 원점으로 돌아갔다. '한국에서 성공할 수 있는 아이템은 중국에서도 성공한다.' 자신감을 가지면서 새로운 것들이 속속 등장했다. 나중에, 중국에서 알게 된 속담 중에 멋진 말이 있다. '진짜 금이라면, 어디에 가도 빛난다!是金子

到哪里都会发光'

나는 힘들 때마다 이 말을 되새기며, 자신감으로 무장했다.

중국으로 진군하다進軍中國

2015년 7월 3일, 김포공항 국제선 청사. PD들은 비즈니스 라운지에 모여 웃고 떠들며 출국 시간을 기다렸다. 큰 시장에 나간다는 생각에 마치 소풍 날 아이들처럼 다들 들떠있었지만, 동시에 불안한 기색도 보였다. 이 후배들을 위해 내가 해줄 수 있는 유일한 방법이 뭔지 나는 잘 알고 있었다. 중국에서 프로그램을 성공시키는 것이다. '성공하기 전엔 돌아오지 말자.' 우리는 베이징행 남방항공에 몸을 실었다.

"한국의 금메달 PD 김영희, 드림팀 이끌고 중국으로 진군하다(韓國金牌PD金榮希, 携'夢之隊'進軍中國)."

중국 최고 권위지에 실린 머리기사였다. 당시 우리는 잘 몰랐지만 중국의 인터넷과 언론에서는 우리 팀 기사를 쏟아내고 있었다. 첫 기자회견 때는 기자들은 물론 방송 책임자들, 중견 제작자들로 회견장이 발 디딜 틈 없이 꽉 들어찼다. 질

创造价值是金荣希和他的团队来到中国的主要目的，价值并不是指物质上的回报，而是真正在这里制作出观众喜欢的节目，并且在此过程中能够为这个社会带来助益。

韩国金牌 PD 金荣希
携"梦之队"进军中国

출처: 중국광파영시(中国广播影视)

의응답까지 마치고 자리에서 일어서는데 L사의 직원이 나에게 핸드폰을 보여주며 엄지를 치켜세우고 좋아했다. 이게 뭐지? 실시간 주가 그래프였다. 우리 팀의 기자회견 소식에 L사의 주가가 급등했다는 것이다. 맞다. 중국의 방송은 완벽한 비즈니스다.

L사의 콧수염 대표와 부사장은 우리를 극진하게 대접했다. 모든 것을 우리가 원하는 대로 해주었다. 비싼 외국인 동네 '리두'의 사무실 1년 임대료만 해도 4억 원, 우리 아파트 4채의 임대료가 3억 원. 오히려 우리가 미안할 정도로 최고의 대우를 해주었다. 나와 PD들은 그들이 그렇게 하는 이유를 알고 있었다. 우리 팀의 가능성에 무한 베팅하는 것이다. 우리는 자본주의 세상, 그 한복판에 들어왔다.

나는 중국에서 CEO였다. 체재비는 물론 연예인 출연료, 어마어마한 제작비까지 몇백억 원이 내 결정으로 좌우됐다. MBC 예능국 1년 예산과 중국의 한 프로그램 예산이 비슷했으니, 모든 액수에 0이 하나 더 붙는다는 말은 정확히 사실이었다. '많이 쓰고, 더 많이 번다!'는 원칙을 세웠다. 프로그램만 성공하면 중국이라는 세상은 우리를 돈방석에 앉혀놓을 것이다. 당시 중국 방송 시장은 제작에 얼마를 쓰든 충분히 커버하고도 남을 호시절이었다. 나에겐 이 타이밍도 정말 행운이었다. 불행도 행운도 겹쳐서 오늘 법이다.

실크로드의 '효자 프로'

〈나는 가수다〉의 메인 작가 여현전과 김주영이 베이징에 합류하면서, 어떤 아이템으로 중국 진출의 서막을 장식할지 결정해야 할 순간이 다가왔다. 중국 1선 방송사들도 김영희 팀의 첫 번째 아이템을 궁금해했다. 사실 우리도 고민이었다. 10개의 아이템 중 어떤 것을 선택해야 하나? 한국 PD가 중국에 왔으니 가장 중국다운 장소에서 결정하자는 의견이 나왔다. 실크로드! 실크로드에서 아이템 확정 회의를 하자. B&R의 한중 드림팀은 서안으로 출발했다.

서역으로, 서역으로! 서안의 병마용갱을 거쳐 실크로드를 달리면서, 10개의 아이템을 추려가기 시작했다. 란저우를 지나 둔황의 사막에 도착했을 때는 3개로 압축된 상태였다. 우리는 이 3개의 아이템 중 하나를 이곳 둔황에서 선택할 것이다. 한국에서부터 몇 달간 달려온 긴 여정에 마침표를 찍는 순간이었다.

18명의 제작진은 열띤 토론 끝에 결국 투표하기로 합의했다. 우리의 운명을 가를 투표인지라, 제작진은 신중을 다해 투표했다. 놀랍게도 한 개의 아이템에 압도적으로 표가 몰렸다. 11명이나 '효孝'를 선택한 것이다. 중국 사람들이 중시하는 '효'를 주제로 재미와 감동을 버무린, 중국 최초의 공익 예능이 될 아이템이었다. 그렇게 결정된 B&R의 첫 번째 프로그램 이름은 〈쉔펑샤오즈旋风孝子(선풍효자)〉였다.

〈쉔펑샤오즈〉는 톱스타 6명의 어린 시절 집을 그 시절과 똑같이 복원해놓고, 부모와 함께 들어가 효도하며 사는 프로그램이다. 한두 채도 아니고 여섯 채를 그 옛날 모습으로 복원하려면 제작비가 엄청난데, 필요한 경우 동네 전체를 복원하기도 했으니 한국에서는 감히 엄두도 못 낼 프로그램이었다. 그러나 여긴 중국이다. 생각만 하면 무엇이든 할 수 있는 곳이다. 18명 모두가 자신감이 넘쳤다. 그래, 〈쉔펑샤오즈〉라면 중국에서 성공할 수 있다!

다 괜찮다,
세상은 먹고 살게 되어 있다

중국에서의 촬영은 굉장히 힘든 일이다. 그중에서 가장 힘든 일은 역시 먹고 자는 것이었다. 스태프들의 방은 냉난방도 잘 되지 않는 데다가, 퀴퀴한 냄새 때문에 방에 들어가기도 싫어진다. 음식도 그렇다. 야전에 식당을 차려 24시간 음식을 공급하는데, 시간이 나는 스태프가 언제든지 가서 배를 채울 수 있는 시스템이었다. 후난위성에서 데려온 후난 요리사들이 후난 음식을 공급해 주지만, 그건 후난위성 스태프에게만 좋은 일이다. 후난 음식의 칼칼한 매운맛이 우리 한국 사람의 입맛에는 제일 맞는 편이지만, 그래도 중국 음식은 중국 음식일 뿐이었다.

한국 스태프 중에 중국 음식이 입에 맞지 않아 고생하는 사람들이 늘어 갔다. 특히 카메라의 김기태 감독과 진행팀 송명익 감독이 그랬다. 매번 볶음밥이나 국수로 끼니를 때우기 일쑤였는데, 어느 날 그들은 신기한 것을 발견했다. 한국의 고추장 비슷한 '라오깐마老干媽(라조장)'였다. 정확히 말하자면 고추장이라기보다는 고추 기름장이었다. 어찌나 매콤하고 중독성이 있는지 하얀 밥 위에 얹어 비벼 먹으면 고추장은 저리가라였다. '라오깐마'만 있으면 한 그릇쯤은 뚝딱 해치워 버리게 된 그들은 어느 틈엔가 '라오깐마'의 예찬론자가 되었다. 어디에서든 먹고 살게 마련이다. 하하하!

가능과 불가능, 그 사이에 '꽌시關係'

중국의 자본주의는 확실하다. 어떤 채널에서 방송하는가에 따라 광고의 단가가 달라진다. 2선 방송사에 붙은 50억 원짜리 협찬이 후난위성으로 가면 500억 원이 될 수도 있다. 당연히 나는 후난위성에서 방송하는 것을 목표로 잡았다. 그러나 안타깝게도 후난위성은 지금까지 외주 제작사와 합작을 해본 적이 없다. 방송가에선 불가능할 것이라는 얘기가 돌았다. 하지만 나는 반드시 후난위성에서 첫 방송을 하리라, 그리고 보란듯이 성공시키리라 마음먹었다.

후난위성의 H 부사장. 중국 말로 하자면 나의 든든한 '꽌시'였다. 게다가 후난위성에는 L 회장이나, J 사장 등 최고위급 '꽌시'들이 포진해 있다. 솔직히 그때 나는 그 위력을 정확히는 알지 못했다. 나중에야 이런 '꽌시' 없이는 불가능한 일들이 우리에게는 너무 많이 일어났다는 걸 알았다. 나는 H 부사장과 PT 날짜를 잡으면서 그가 점점 커 보이기 시작했다.

그냥 일어나는 일은 없다

후난위성 12층 회의실. H 부사장은 물론, J 사장, 본부장 등이 앉아 있었다. 오랜만에 그들과 인사를 나누는 사이, L 회장이 나타났다.

"하우지우부지엔好久不见! 오랜만입니다! 몇 년 만이죠?"

"1년 반 만인 것 같습니다, 하하"

가볍게 인사를 나누고 L 회장이 정중앙에 착석했다. 그동안의 인맥들이 나의 PT를 보기 위해 전부 모인 것이다. 심호흡을 크게 한번 하고 나서, 운명을 건 〈쉔펑샤오즈〉의 PT를 시작했다.

"여러분은 엄마가 좋아하는 음식을 아십니까?"

시작과 함께 후난위성의 결정권자들은 PT에 빠져들었다.

"나는 작은 소망이 있습니다. 중국의 시청자들이 〈쉔펑샤오즈〉를 보다가, 자기도 모르게 부모님께 전화 드리는 것입니다."

마침내 PT를 마무리하자 박수가 터져 나왔다. 자, 이제 평가할 시간이 왔다. 모든 시선이 L 회장에게로 쏠렸다. 잠시 생각에 잠겼던 L 회장이 부드러운 표정으로 입을 열었다.

"김 국장님, 한번 해 봅시다."

모두가 놀랐다. 후난위성의 임원들도 놀라는 표정이었다. J 사장이 L 회장에게 다시 한번 확인했다.

"이 자리에서 꼭 결정하지 않으셔도 됩니다."

그러자 L 회장은 재차 웃으며 얘기했다.

"그냥 편성하지요. 좋은 것 같습니다, 하하하."

나는 L 회장에게로 걸어갔다.

"감사합니다, 회장님. 꼭 성공시키겠습니다."

H 부사장에게도 고개 숙여 인사했다. 나는 그가 L 회장과 이미 협의를 마쳤다는 것을 짐작할 수 있었다. 이 세상에 그냥 일어나는 일은 없다.

"자축합시다!"

그날 밤 L사와 우리 B&R 식구들은 유쾌하게 술잔을 돌렸다. 술이 얼큰히 취한 L사의 부장이 흥분한 말투로 나에게 말했다.

"중국에서는 PT 당일에 편성하기로 결정된다는 것은 있을 수 없는 일입니다. 그것도 후난위성에서요. 기적이 일어난 거예요."

오늘 일어난 일이 얼마나 대단한 것인지 알려주는 말이었다. 나는 얼떨떨 했다.

"모든 것이 국장님 덕분입니다."

그렇다. 그가 내 덕분이라고 하는 것은 나의 '꽌시' 덕분이라는 뜻이다. 얼마나 기뻤던지 술을 잘 마시지 못하는 이준규 PD도 몇 잔을 들이켜고는 택시에 실려 갔다. 내가 확실한 줄을 잡고 중국에 들어온 것이 분명했다.

1분 만의 계약

중국에서 연예인은 신이다. 그러니 중국에서 톱 연예인을 직접 만난다는 것은 언감생심 바랄 수도 없는 일이다. 후난위성의 H 부사장 정도는 되어야 연예인들을 만날 수 있다. 그런데도 나는 용감하게 〈쉔펑샤오즈〉에 적합한 연예인인지 아닌지를 판단하기 위해 연예인을 직접 만나보고자 했다. 그런데, 웬걸? 신기하게도 나의 바람이 이루어졌다. 김영희라는 브랜드가 중국에 알려진 덕을 톡톡히 본 것이다. 물론 H 부사장의 입김이 있었음은 말할 것도 없다.

만나기 어렵다뿐이지, 직접 만나보면 중국의 연예인들도 한국처럼 평범한 사람들이었다. 당시 안젤라 베이비와 달콤한 신혼에 빠져있던 황샤오밍(황효명)은 손수 차를 내오며 나를 환대했다. 까오웬웬(고원원)이라는 여배우는 내가 지금까지 본 배우 중 가장 우아했고, 셰팅펑(사정봉)이라는 남자 배우는 카리스마 넘쳤다. 그러나 땅이 넓다는 건 고역이었다. 총칭으로 3시간 날아가서 TF Boys라는 최고 아이돌을 만나고, 당일 오후 다시 2시간을 날아 상하이에서 섭외 미팅을 했다.

살인적인 스케줄이 생겼다. 타이베이로 날아가 여배우를 만나고, 홍콩에서 아이돌을 만난 다음, 오후 5시까지 시안으로 날아가야 했다. 홍콩에 쾌속정을 대기 시키고, 선전에서는 언제든지 탑승할 수 있도록 비행기 표 3장을 끊어 놓았다. 시안의 공항에는 시내 교통이 막힐 것에 대비해 헬기를 대기시켜놓았다. 물론 비용은 상관없었다. 반드시 시간을 지켜 시안에 도착해야 하는 이유가 있었다. 500억이냐, 1,000억이냐가 걸린 〈쉔펑샤오즈〉의 협찬 광고주의 행사가 있었기 때문이다.

시안 샹그릴라 호텔에 내가 도착하자 L사 직원들은 안도의 한숨을 내쉬었다. 내가 나타나지 않는다면, 그날의 광고 수주가 저조할 것이 뻔했기 때문이다. 내가 단상에 올라가자 신기한 일이 일어났다. 사람들이 일제히 핸드폰을 들어 사진을 찍기 시작한 것이다. "찰칵, 찰칵," 정말 김영희 브랜드가 있기는 있나 보다.

핸드폰들이 거의 다 내려갈 즈음 PT를 시작했다. 대어 황샤오밍을 캐스팅했다는 발표와 함께, 중국에서 처음 제작하는 나의 의지의 말로 PT를 마무리했다.

"나는 중국에 성공하러 왔습니다."

L사의 콧수염 대표가 활짝 웃으며 악수를 청했다. 내가 단상에서 내려오는, 채 1분도 안 되는 사이에 계약이 성사됐다는 것이다. 주방세제회사 N사가 다른 광고주가 들어오기 전에 〈쉔펑샤오즈〉를 선점했다. 기절할 만한 액수였다. 몇백억원. 메인스폰서 하나가 그 정도이니 앞으로 들어올 두 번째, 세 번째 스폰서들까지 합산한다면 상상이 안 가는 금액이었다. L사도 놀라는 눈치였다. 중국 예능 사상 최고의 협찬 금액이라고 엄지를 치켜세웠다.

기적 같은 일은 그다음 주에도 일어났다. 방송 편성이 결정된 것이다. 다음 해 2016년 1월, 토요일 편성이 확정됐다. 광고도 어마어마한 액수로 팔렸고 특급 배우도 캐스팅됐으니, 후난위성에서도 편성을 확정하지 않을 이유가 없었다. 자, 이제는 정말 시간이 없다. 녹화에 들어가야 한다. 리얼 버라이어티를 접해본 적이 없는 중국 스태프들을 가르치면서 녹화해야 하지 않는가? 나는 그것이 얼마나 어려운 일인지 잘 알고 있었다.

되는 것도 없지만, 안 되는 것도 없는 나라

한중합작 팀을 꾸렸다. 한중 간 삐걱거리는 소리들이 여기저기서 들려왔지만, 모르는 척했다. 스태프 간 주도권 싸움은 있기 마련이고, 언어 때문에 생기는 불협화음은 도리가 없다. 일정이 짜였다. 2개 도시에서 동시 녹화를 한다는 계획을 수립했다. 한 도시에 350명, 두 지역에 700명의 스태프가 동시에 참여하는, 어마어마한 규모의 촬영이었다.

하얼빈과 칭다오에서 첫 녹화 준비에 들어갔다. 그런데 하얼빈에서 녹화 준비를 하던 이병혁 PD에게 전화가 왔다. 계획한 대로 CCTV를 설치할 수 없다는 것이다. 약속한 카메라 칩도 도착하지 않은 상태라 짜증이 난 상태였다.

"애네들은 약속한 대로 하는 것이 하나도 없어요."

불만이 가득했다. 중국 스태프를 계속 다그쳐야 한다고 충고했다. 그런데 얼마나 짜증이 났는지 큰 소리가 돌아왔다.

"애네들하고는 안 된다니까요!"

나도 소리쳤다.

"그래서? 아무렇게나 하겠다는 거야? 원래 계획대로 해!"

전화를 끊어 버렸다. 되는 게 없지만, 안 되는 것도 없는 것이 중국이다.

녹화 당일, 새벽에 도착한 하얼빈역은 영하 30도. 귀가 떨어지는 듯 추위가 매서웠다. 허름한 아파트에 동이 터오자 멀리서 골목을 돌아 연예인 모자가 나타났다. 60여 대의 CCTV 카메라가 일제히 돌아갔다. 연예인과 어머니 두 사람은 무거운 캐리어를 들고, 끌고, 헉헉거리며 어린 시절의 6층 집 앞에 도착했다. '아, 얼마 만에 이 집에 다시 왔나?' 그들은 감동으로 한동안 말이 없었다. '그래, 여기서 내가 엄마와 살았었지? 세월이 흘렀네' 아들은 아들대로, 엄마는 엄마대로 추억에 잠겼다. 나는 이들의 표정을 보는 순간 성공을 확신했다.

"병혁아, 세계야, 축하한다. 대박인데?"

성공적인 출발을 확인한 후, 나는 바로 칭다오로 날아갔다.

백만장자의 행복은 어떨까?

최 비서는 조선족으로, 내가 매 순간 의견을 물을 정도로 신뢰한, 중국 생활 처음부터 마지막까지 내 곁에 머물며 나를 보필한 최고의 비서였다. 원래 침착하고 세심한데, 내 신뢰를 알고는 신중함까지 더해졌다. 그런데 그런 그녀가 칭다오 공항에서 울음을 터뜨렸다. 한쪽 귀가 안 들린다는 것이다. 나는 깜짝 놀라 병원부터 보냈다.

"여기는 신경 쓰지 말고, 빨리 응급실로 가라."

내 체력을 따라오기에 최 비서는 몸이 약했다. 정신력으로 버티는 것도 한계가 있었을 것이다. 그런데 녹화 현장에 최 비서가 다시 나타났다.

"어? 병원에서 쉬라고 했더니, 왜 왔어?"

"감기 바이러스 때문이래. 주사 맞았더니 괜찮아요."

최 비서도 자기가 없으면 내 입과 귀가 마비된다는 것을 잘 알고 있었으니 마냥 병원에 있을 수 없었을 것이다.

다음 날 아침, 황샤오밍과 그의 엄마는 골목 어귀에서부터 끊임없이 감탄했다.

"와, 이 골목길이 그대로 있네요, 엄마."

"그래, 이 길에서 네가 뛰어다니며 놀았지."

단칸방에 들어가서는 정말 신기해했다.

"와, 여기 내 책상이 그대로 있네! 와, 이 벽지! 엄마, 여기 엄마 침대야. 나는 다락방 침대. 이제 내가 엄마 밥해 드릴 게!"

아들은 벌써 그 시절로 돌아가 수다쟁이가 되었고, 감격한 엄마는 소리 없이 그 시절 침대보를 내려다보며 만지작거리고 있었다. 황샤오밍. 지금은 백만장자가 된 그에게 그 가난했던 시절이 어떤 의미로 다가왔을까? 그 시절의 그 공간에 엄마와 함께라면 그때도 행복했을 것이고, 지금도 행복하다. 행복에 젖은 백만장자를 보면서, 나는 확실한 것을 하나 얻었다. 행복이 곧 돈은 아니다.

계획은 변화를 따라갈 수 없다 計劃沒有變化快

2016년 1월 23일 토요일, 첫 방송 날짜가 확정되자 우리 PD들은 편집실에서 먹고 자며, 한국에서와 같은 골방 생활을 시작했다. 성공해야 한다는 압박감에 밤잠을 설쳐가며 편집해 나갔다. 마침내 중국 방송계의 절대적인 관심을 받으며 첫 방송이 나갔다. 결과는 대성공이었다. 전국 시청률 1.45%, 토요일 전국 1위. 주간 톱5까지 기록하며 탄탄대로를 예고했다. 그 후 계속 토요일 전체 1위를 유지했으며, 마지막 방송은 연예인들과 제작진들이 서로 얼싸안는 감동적인 장면으로 마무리했다. 〈쉔펑샤오즈〉는 중국 최초의 공익 예능으로서, 그야말로 대성공을 거두었다.

지금 떠올려보면 베이징에 입성한 지 6개월 만에, 1위 방송사인 후난위성에 편성을 받아 방송에 성공했다는 것은 입이 쩍 벌어지는 일이었다. 모든 제작사가 원하는 꿈의 방송을 우리 팀이 해낸 것이다. 하지만 그때 우리는 그게 얼마나 대단한 일인지 알지 못했다.

〈쉔펑샤오즈〉한 시즌으로 대략 500억 원이 훌쩍 넘는 매출을 올렸다는 결과를 보고, 팀은 자신감으로 충만했다. 1년에 네 개의 프로그램 제작이라는 원대한 계획을 세우고, 나는 한국으로부터 '2차 PD 영입'을 시작했다. 한 프로그램 매출이 이 정도인데, 네 개 프로그램을 성공시키면 도대체 얼마야?

"3년 내 상장해서, 우리 자가용 비행기 한 대 사자. 스태프들 이동하는데 항공료가 너무 비싸, 하하하."

그러나 우리는 알지 못했다. 크고 넓은 대륙에는 예기치 않은 일들이 너무나 많이 생긴다는 것을.

계획은 변화를 따라갈 수 없다計劃沒有變化快.

억지로 하지 마라,
그래서 되는 게 아냐!

중국인들은 돈을 좋아한다. 그래서 '돈을 벌다'는 뜻과 발음이 비슷한 '파'八, 8자를 가장 좋아하지만, 8자 못지않게 6자도 좋아한다. 여섯 '류' 六자의 발음과 흐를 '류'流자의 발음이 비슷해서, 물 흐르듯이 순조롭게 잘 풀린다는 숫자이기 때문이다. 그래서 큰일을 앞둔 중국인들은 '류류따슌六六大順', 물 흐르듯 순조롭게 풀리시라고 종종 인사를 한다. 그들은 아파트를 고를 때에도 8층에 자리가 없으면 바로 6층을 고른다.

<칭찬합시다!> 녹화차 화순 쌍봉사 스님을 만난 적이 있다. 녹화를 끝낸 뒤, 한적한 산사에서 스님께 물었다.
"어떻게 사는 것이 잘 사는 것입니까?"
나의 뜬금없는 질문에 스님은 미소를 지었다.
"순리대로 사는 것이지요."

"도대체 순리가 뭡니까?"

나의 질문에 스님은 역시 미소를 띠었다.

"억지로 하지 않는 것이지요."

순간 '상선약수上善若水'라는 말이 떠올랐다. 스님이 말해준 '순리'의 핵심은 흐르는 물처럼 다투지 않는 데 있다. 억지로 하지 마라, 순리대로 흘러가다 보면 모든 것이 잘 풀릴 것이다.

류류따순六六大順.

우리는 뭐든지 한다!

〈쉔펑샤오즈〉를 성공적으로 끝내고 PD들을 해외로 휴가 보냈다. 이국땅에서 밤잠을 잊어가며 최선을 다한 PD들에 대한 최소한의 예우였다. PD들은 팀을 꾸려 파리로, 하와이로, 방콕으로 여행을 떠났다. 보내놓고 나니 뿌듯했지만, 사실 나는 평균 시청률 1.6%, 주간 톱5로 마친 〈쉔펑샤오즈〉의 결과가 속상했다. 다음 작품은 반드시 시청률로 대박 낼 것이라고 다짐하면서, 2차 PD 영입에 들어갔다.

SBS 〈짝〉, 〈나는 SOLO〉의 남규홍 PD, 〈나는 가수다〉의 신정수 PD, 〈아빠, 어디가?〉, 〈바퀴 달린 집〉의 강궁 PD, 〈미스트롯〉을 연출한 MBC 문경태 PD, SM 임정규 PD가 중국으로 합류했다. 이제 B&R은 두 배로 커졌고 새로 합류한 PD들은 파이팅이 넘쳤다. 홍콩과 선전을 오가며 새 프로그램의 윤곽을 잡았다. B&R의 두 번째 프로그램은 〈무한도전〉 같은 순도 100%의 오락물로 결정하고 〈쉔펑샤오즈〉에서 아쉬웠던 점을 일시에 만회하기로 했다. 제목은 〈한다면 한다!〉로 정했다. 그리고 역대 최고의 시청률에 베팅했다.

역시 편성이 중요했다. 나는 창사를 날아다니며 H 부사장과 협의했다. 재고 또 재는 중국 스타일대로 캐스팅 상황과 광고 협찬 상태를 보아가며 협상이 진행됐다. 드디어 메인 스폰서로 화장품 회사 K사가 결정됐고, 캐스팅이 윤곽을 드러냈다. 멤버는 6명. 노련한 홍콩 배우와 인기 가수, 배구선수 출신 아이돌 등 노장과 신인이 조화를 이루는 완벽한 조합이었다. 마침내 H 부사장이 편성을 확정했다. B&R의 두 번째 방송도 후난위성에서 하게 되었다는 사실은 중국의 방송계를 다시 한번 놀라게 했다. 그런데 10월 첫 방송이면 급했다. 당시가 8월인데 녹화 일정이 너무 빠듯했다. 그러나 우리는 못할 게 없다. 제목처럼, '한다면 한다!'

순진한 자신감

홍콩의 어느 무인도에서 첫 촬영을 시작했다. 3박 4일간 진행된 강행군으로 카메라 김기태 감독이 한국 병원으로 후송된 가운데, 강궁 PD는 첫 녹화를 성공적으로 마쳤다. 무인도를 탈출하기 위한 여섯 멤버의 처절한 사투는 정말 리얼한 재미와 웃음을 선사했다. 그걸 보는 제작진의 자신감도 높아졌다. 6명 멤버들 간은 물론 PD들과의 케미도 생기는 것을 보며 나는 성공을 확신했다.

원난성 '다리'에서의 녹화는 임정규 PD가 연출했다. 임 PD 팀은 1주일 전부터 '다리'에 내려와 악전고투했다. 마지막 촬영지 '창산'의 고도는 3,700미터. 고산병 증세와 손이 곱을 정도의 추운 날씨 때문에 최악의 촬영 조건이었다. 그러나 악조건은 오히려 멤버들의 케미를 더 돋보이게 했다.

"우리는 형제, 한다면 한다!"

여섯 멤버가 안개 속에서 외치자마자, 대성공이라는 것을 모든 스태프가 직감했다. 저 멀리 출연진에 둘러싸인 임정규 PD가 보였다.

"정규야, 수고했다. 정말 잘했다!"

엄지를 들어 올리자, 나를 보던 임 PD의 눈에서 주르륵 눈물이 흘렀다. 거의 400명의 스태프를 이끌고, 어려운 촬영을 성공적으로 끝내고 나니 자신도 모르게 눈물이 흐른 것이다. 나는 안다. 얼마나 부담감이 컸으면 안도의 눈물을 흘렸을까? 이제 첫 방송을 기다리는 일만 남았다.

곤란은 많다. 방법은 더 많다辦法綜比困難多

촬영을 하는 사이 이상한 일이 발생했다. 토요일 밤 편성 시간이 일요일 밤으로 변경된 것이다. 설상가상으로 10월 둘째 주로 예정되었던 방송이 셋째 주로 연기된다는 통보를 받았다. 이미 예고 방송도 나간 상태에서 시청자와의 약속을 어겨도 된다는 것인가? H 부사장은 조금만 기다려보라며 나를 안심시켰다. 무슨 이유가 있을 것이라는 얘기다. 그 사이 넷째 주 방송마저 무산됐다. 도대체 이유가 뭔지 정말 궁금했다. 어렴풋이 사드 배치로 인한 한중 외교 문제일 것 같다는 소문이 돌았지만, 광전총국(국가광파전영전시총국, 중국의 국무원 직속 기구. 라디오, TV, 영화산업 등을 관리 감독한다-편집자 주)에서 말하지 않으니 아무도 진실을 알 수 없었다.

당국 간의 외교적 협의가 교착 상태에 빠지면서 여기저기서 문제들이 터져 나왔다. 10월 방송마저 무산되자 후난위성의 본부장이 베이징으로 날아와 광전총국의 책임자를 만났지만, 정확한 이유 설명 없이 기다리라는 말만 듣고 왔다. 사태가 이 지경에 이르자 드디어 H 부사장이 베이징의 광전총국을 방문했다. 후난위성의 거물급 인사인 그가 선처를 부탁했다.

"〈한다면 한다!〉는 우리 후난위성이 만든 프로그램입니다."

이 말이 떨어지기 무섭게 담당자가 책상 서랍을 열어 파일을 꺼내 보였다. 파일에는 나의 제작 발표회 기사가 사진과 함께 수북이 들어있었다.

"이거 김영희 감독이 제작 지휘하는 거 아닙니까?"

H 부사장은 당황했다. 광전총국은 이미 모든 것을 정확히 파악하고 결정을 유보하고 있었다.

"일단 조금만 더 기다려보시죠."

이번에도 확실한 이야기를 듣지는 못했지만, 나는 알 수 있었다. 방송은 물 건너갔다.

중국 방송 관계자들이 나에게 위로의 말을 전해왔다. 좋은 '꽌시'를 유지해오던 강소위성의 L 총감은 베이징으로 직접 날아와 산해진미를 사주며 나를 위로했다. 그때 나에게 큰 위로와 용기를 준 말이 있다.

"중국에는 격언들이 많은데, 그중 내가 가장 좋아하는 말을 해드리겠습니다. '곤란은 많다. 하지만 방법은 더 많다辦法總比困難多.'"

갑질, 갑질, 갑질

제목을 바꾸자. 방송사도 바꾸자. L 총감의 말대로 '방법'이 나온 것이다. 방송사는 강소위성으로, 제목은 〈한다면 한다!〉에서 〈가자, 형제여!〉로 바꾸고, 아이템 3개를 다시 녹화한다. 그러면 새 프로그램으로 간주하고 방송할 수 있다. '눈 가리고 아웅'이지만 이것이 중국이다. L 총감과 협의하여 진행할수록 방송할 수 있다는 희망이 생기기 시작했다.

그런데 잘 진행되는가 싶더니 큰 문제가 생겼다. 강소위성 편집자가 편집에 관여하기 시작한 것이다. 납득할 수 없는 이유로 삭제를 지시하고 내용을 바꾸라는 압력을 가해왔다. 중국 방송사에 만연한 갑질이었다. 급기야는 방송 시간을 단축하는 편성 만행을 저질렀다. 70분을 50분 편성으로 축소한 것이다. 요구대로 할 수밖에 없었지만 그럴수록 프로그램은 망가졌다. PD들도 손을 떼고 싶었지만 그럴 수 없었다. 방송을 마쳐야 그나마 손실이 적어지는 것을 알기 때문이었다.

이러려고 PD들을 중국에 데려온 게 아닌데, PD들에게 정말 미안했다. PD들은 오히려 스트레스에 시달리는 나를 걱정했다. 조금만 참자. 좋은 시절이 돌아오겠지! 함께 술 한잔하면서 괴로움을 달랬다. 그러는 사이 하릴없이 우리 프로그램은 변질됐고, 결과는 보나 마나 참패였다. 첫 방송 시청률이 0.5%를 간신히 넘더니 두 번째, 세 번째부터는 0.4%대로 떨어졌다. 시청률 저조는 광고 하락으로 이어졌다. 역부족이었다.

일을 도모하는 것은 사람이고, 이루는 것은 하늘이다 謀事在人 成事在天

광전총국이 한한령을 직접 언급한 적은 한 번도 없다. 하지만 점점 그들의 입맛에 맞는 프로만 방송할 수 있게 되었다. 좌고우면할 시간이 없었다. 우리는 당국의 방침에 딱 들어맞는 기획에 들어갔다. 전국의 오지 마을들을 찾아다니며 중국의 숨겨진 문화와 역사를 발굴하는 〈소도시 이야기〉를 기획해 냈다. 이제는 편성만 남았다. B&R의 재기를 꿈꾸며, 후난 위성과 다시 협의를 시작했다.

후난위성에서 방송만 할 수 있다면 우리는 다시 일어설 수 있다. 후난위성이 MC로 요구한 가수 '리지엔'은 칭화대 졸업생답게 아는 것도 많고 말도 잘했다. 어마어마한 출연료에 부담이 컸지만, 나는 후난위성의 제안을 받아들였다. 세부사항에 합의하고 녹화를 시작했다. '한중 합작'이라는 티를 절대로 내서는 안 됐다. 우리 PD들은 철저히 배후에서 촬영을 진행했고, 나도 역시 막후에서 지휘했다. 그때까지도 여전히 편성은 미확정이었지만, 나는 H 부사장을 믿고 있었다.

비행기를 석 달간 60번 쯤 탔다. 그 넓은 중국 땅에서 오지 마을을 찾아다닌다는 것은 정말 힘든 일이다. 미얀마 국경 마을, 산동 당나귀 마을, 푸저우의 온천 마을 등 녹화의 절반이 지날 동안에도 편성이 확정되지 않았다. 나는 수시로 창사로 날아가 협의했으나, 그들은 확답을 주지 않았다. 심지어 H 부사장마저도 벽에 부딪힌 느낌이었다. 나는 스트레스가 극에 달했다. 제작비는 갈수록 증가하고 있었고, 결국 편성이 확정되지 않은 상태로 녹화를 마쳐야 했다.

안휘성 뒷골목에서 PD들과 쫑파티로 조촐한 술자리를 가졌다.

"배후에서 연출하는 것이 정말 힘드네요, 하하하."

웃으며 말하는 PD들의 심정을 나는 알고 있었다.

"정말 별 이상한 경험을 다 하는구나, 조금만 참자!"

이제부터 가장 중요한 것은 무사히 방송하는 것뿐이다. 나는 후난위성의 편성을 따내기 위해 아예 창사에 짐을 풀었다. 그러나, 정말 아무도 예측하지 못했던 일이 벌어졌다. 일을 도모하는 것은 사람이고, 일을 이루는 것은 하늘이다謀事在人 成事在天.

격변, 참패

후난위성에 경천동지할 변화가 일어났다. H 부사장이 갑자기 경질되더니 B&R의 모기업 L사의 부사장마저 경질됐다. 나에게 우호적인 인사들이 갑자기 좌천되는 청천벽력 같은 일이 일어난 때문이다. 그동안 H 부사장이 힘을 쓸 수 없었던 이유가 이 때문이었다. 예견된 참사가 잇따라 발생했다. H 부사장이 빠진 후난위성은 결국 편성 불가 결정을 내렸다. 표면상 한국 제작진이 드러나지는 않았지만, 한중 합작이라는 것을 뻔히 알면서 프로그램을 편성하는 리스크를 새로운 임원진이 감수할 이유가 없었던 것이다. 그러나 우리는 방송을 해야 했다. 방송 불가로 인한 손실을 또다시 감당할 수는 없었다.

L사의 목표는 단 하나, 손실액을 최소화하는 것. 즉시 방송사를 강소위성으로 바꿨다. 프로그램의 품질은 고려대상이 아니었다. 강소위성은 이번에도 70분짜리 프로를 45분으로 편성하고, 예능을 교양으로 탈바꿈시켰다. 프로그램은 완전히 변질되었다. 애초의 기획은 저리 가고, 정체불명의 프로그램이 만들어졌다. 냉정한 자본의 세계이지만, 현실로 닥치니 자괴감이 물밀듯 밀려들었다. 결국 〈소도시 이야기〉는 또다시 참패했다.

짜이찌엔, 베이징再見北京

"지난 1년간 수백억 원의 손실을 기록했습니다."

L사의 콧수염 대표는 용단을 내려야 할 시점이라고 했다. 손실이 그 정도면 그동안 많이 기다려준 것도 사실이다. L사의 주가가 바닥을 치고, 광고가 들어오지 않으니 구조 조정을 하지 않을 수 없다고 강조했다. 사실상의 계약 해지 통보였다. 그렇다면 우리 PD들에 대한 보상이 충분히 이루어져야 한다고 주장했다. 그러나 그는 천재지변에 해당하는 불가항

력 때문이니 보상의 의무가 없다는 궤변을 펼쳤다. 그러면서 그동안 보이지 않았던 모습을 드러내기 시작했다.

거주비 삭감, 월급 지연, 진행비 미지급 등 어처구니없는 일들이 벌어졌고, 끝내는 계약 해지 통보서와 내용증명이 날아왔다. 협상은 불가하고 모든 것은 중국 법이 정한 대로 진행하겠다는 내용이었다. 가능한 한 협상을 하려던 우리의 시도는 불발됐고, 법적 다툼도 무산됐다. 결국 중국 생활을 하루라도 빨리 정리하는 편이 우리에게 유리하다는 결론에 도달했다. 조기 철수. 그렇게 중국 진출 3년 만에 한국으로의 철수를 결정했다.

PD들과 마지막 술자리를 가졌다. 중도 철수라는 억울함과 한국 복귀에 대한 불안감이 안주가 되어 한없이 술이 들어갔다.

"국장님은 한국으로 돌아가면 계획이 있으세요?"

"아니, 전혀 없어. 너희들은?"

"저희도 없어요. 가서 알아봐야죠."

그날 나는 얼마나 마셨는지 모른다. 내 머리는 이들보다 조금 더 복잡했다. 철수와 복귀라는 회한에 더해, 후배들에 대한 미안함이 내 가슴을 짓눌렀다. '내가 이러려고 이들을 중국까지 데려왔던가?' 몇몇 PD들은 내가 걱정됐는지, 날이 밝을 때까지 내 곁에 남아 술잔을 기울였다.

창문 아래로 베이징의 셔우두 공항이 눈에 들어왔다. 비행기는 베이징의 뿌연 하늘을 한 바퀴 돌아 동쪽으로 방향을 틀었다. 도시의 빌딩들은 점점 멀어져 갔다. 아련했다. 푸른 꿈을 품고 들어왔던 중국이 이제는 아스라이 사라져가고 있다. 눈시울이 붉어졌다. 그러나 사실 아무도 모른다. 이렇게 사라져버릴지, 아니면 다시 베이징행 비행기에 몸을 싣게 될지. 누가 알 수 있겠는가?

짜이지엔, 베이징再見北京!

'콘텐츠 총괄 부사장.' 한국으로 돌아온 뒤 3개월이 지날 즈음, MBC의 최 사장이 이 직책을 제안했다. 나는 고심 끝에 받아들였다. 그동안 후배 PD들도 각자의 자리에서 마음껏 능력을 발휘했다. 가끔 나는 함께 했던 PD들을 만나 벌써 추억이 된 중국 이야기들로 몽골몽골 밤을 새운다. 전세계 PD는 중국 여성과 결혼해서 벌써 2남 1녀 세 아이의 아빠가 됐다. 중국으로 간 PD 중에 가장 성공한 사람이 전 PD가 아닐까? 첫째 이름이 '우주', 둘째 이름이 '사랑', 셋째 이름이 '태양'인데, 아빠 이름과 자식 이름을 나열해 보면 멋지다. '전세계의 우주 태양 사랑!' 정말 어마어마하지 않은가? 하하하. 어쨌든 그도 중국에 진출하면서, 하북 지방의 여인과 결혼할 줄, 세

아이의 아빠가 될 줄, 꿈에도 몰랐을 것이다. 그렇다. 누구에게나, 정말 알 수 없는 것이 인생이다.

나도 그렇다. '양심 냉장고'에서 〈나는 가수다〉까지 예능 PD로서의 파란만장한 굴곡도 그렇고, 격변의 중국을 고스란히 겪은 것도 그렇고, MBC PD로 입사해 콘텐츠 총괄 부사장으로 복귀한 과정도 그렇다. 정말 아무도 모른다. 불행인지 다행인지 앞으로 살아갈 인생 역시 아무도 예측할 수 없는 굴곡의 단면을 그려갈 것이다. 하지만 한 가지 확실한 것이 있다. 인생은 여전히 잘 흘러갈 것이고, 흐르는 세월 어디에선가 새로운 세상이 또 나를 기다리고 있을 것이다. 그때가 되면 나 또한 TV가 아닌 새로운 들판에서 다시 들개처럼 뛰어다닐지도 모른다.

•——————— 한 시대를 풍미했던 사람은 뭐가 달라도 다르다. 이 책에는 한 시대를 차지했던 킹의 이야기가 담겨 있다. 오래가는 비결은 자리를 비우지 않는 거라고 했는데, 형은 언제든 거기에서 자리를 지키고 있는 사람이다. 이렇게 보니 내 옆에도 정말 오래 함께 있었다. 책에 담긴 그 긴 시간의 기록이 낯간지럽기도 하고, 재밌다.   **이경규**

•——————— 2002년 여름, 아직도 유럽에서 눈에 실핏줄이 다 터진 나에게 "선글라스 쓰고 해"라고 말하던 형님 표정이 생생하다. 그야말로 들개 떼처럼 몰려다니던 시절이다. 그리고 국장님은 대장 들개였다. 우리는 그 뒤에서 언제 돌격 지시가 떨어지나 기다리고 있었다. 다음 돌격은 언제일까 기대된다.   **김용만**

•——————— 진짜 끈질긴 형이다. 하기 싫다는 프로그램에 섭외할 때도 끈질겼고, 국장을 달고도 현장에 나와 연출을 할 때도 끈질겼다. 이제 좀 편히 살아도 될 텐데 지금도 끈질기게 뭔가 쓰고 계속 만들고 싶어 한다. 나는 형의 그 끈질김을 응원한다.   **신동엽**

•——————— 김영희 국장님은 정말 한결같이 사람 피곤하게 만드는 사람이다. 그래도 또 한결같이 현장에, 현실에 발붙이고 있는 분이다. 웃음의 천재, 감동의 거장, 한결같이 지금인 김영희 PD님을 응원한다.   **유재석**

●━━━━━━ 드라마는 예술, 시사다큐는 고고한데 예능은 딴따라 날라리 소리 듣던 시절 등장한 최초의 스타 PD. 최초의 예능 자막, 최초의 공익 버라이어티. 최초를 많이도 달고 있는 선배님이다. 무엇이 김영희를 김영희로 만들었는지, 그 많은 생각들은 어디에서 왔는지 알 수 있는 기회다. PD를 꿈꾸는 이들에게는 물론, 길을 찾는 사람에게 도움 될 책이다.　**여운혁**

●━━━━━━ 김영희 국장님이 무한도전 초기, "너희 재밌어, 걱정 말고 해봐"라고 등을 떠밀어주신 기억이 난다. 본문에 '반대가 없다면 새로운 게 아니다'란 말이 나오는데, 정말 이 말에 딱 어울리는 분이다. 이 책이 어떤 새로움을 찾는 분들에게 도움이 될 것이다.　**김태호**

●━━━━━━ 매체가 계속 새로워지듯이 예능도 계속 새로워지고 있다. 재미있는 건 항상 새로운게 나오는데도 사람들은 과거를 그리워하고 때로는 그 과거가 아주 새로운 것으로 받아들여진다는 점이다. 이 책에는 예능의 처음, 새로움의 대명사였던 김영희 선배님의 '처음' 이야기가 가득 담겨 있다. 그립다. 그리고 즐겁다.　**나영석**